# Pulsion

© 2016 Xavier Seignot
ISBN : 9782322185719
Éditeur : BoD-Books on Demand
12-14 rond-point des Champs-Élysées, 75008 Paris
Impression : Books on Demand, Norderstedt, Allemagne

Je veux que mes chansons soient des caresses
Ou bien des poings dans la gueule,
À qui que ce soit que je m'adresse
Je veux vous remuer dans vos fauteuils.

                              Renaud

« N'attendez pas que je vous donne sur le Ça beaucoup de détails nouveaux, hormis son nom. C'est la partie la plus obscure, impénétrable de notre personnalité […] Seules certaines comparaisons nous permettent de nous faire une idée du Ça ; nous l'appelons : chaos, marmite pleine d'émotions bouillonnantes […] Il s'emplit d'énergie, à partir des pulsions, mais sans témoigner d'aucune organisation, d'aucune volonté générale ; il tend seulement à satisfaire les besoins pulsionnels, en se conformant au principe de plaisir. Les processus qui se déroulent dans le Ça n'obéissent pas aux lois logiques de la pensée ; pour eux, le principe de la contradiction est nul. »

                              Freud

Qu'est-ce qui est enfoui au plus profond de nous-même ? Quelle est cette chose qui nous pousse parfois à faire ce que nous ne voulons pas faire ? Qui nous pousse à croire ce que nous ne voulons pas croire ?

Est-ce une partie de nous-mêmes ? Ou un esprit dans notre esprit ?

Mes questions sont trop vagues, je vous perds et me perds en même temps.

Vous savez, je reste convaincu que malgré toutes nos différences, toutes nos expériences uniques et personnelles, tout notre vécu qui fait notre individualité, nous restons intrinsèquement les mêmes. C'est sur les mêmes lois fondamentales que tout être est constitué.

Alors, je reste persuadé que vous pouvez me comprendre. Pas m'excuser, mais me comprendre. Mon histoire est à la fois unique et universelle.

Elle est tellement banale même, que je préfère vous la raconter en dix mots : « J'ai dû accepter de vivre un peu plus loin… »

Rien d'extraordinaire en soi, on s'est déjà tous retrouvés à chialer comme une madeleine en braillant que rien ne sera plus jamais comme avant sur une musique triste qu'on a écoutée jusqu'à overdose.

Pourtant, chacun jurerait tout bas que personne ne pourra jamais comprendre ce qu'il a vécu ; personne ne comprendra jamais ce que j'ai vécu ; personne ne comprendra jamais ce que vous avez vécu.

Et malgré tout, on reste tous les mêmes. Et c'est à partir de là que cette histoire, sans grand intérêt aux premiers abords, prend tout son sens et prend intérêt.

J'ai envie de vous emmener dans une aventure initiatique, une quête de soi. Là où le non-sens prend sens.

Bref, ces belles paroles pleines de pseudo-sagesses ne valent rien par rapport au récit. C'est l'histoire d'un gars qui a préféré se morfondre dans la colère, parce que celle-ci était plus supportable que la tristesse... Je vais tenter d'être le plus fidèle possible à la réalité... Même si...

Il fait beau. Les deux mains dans les poches de mon pantalon en lin, je me promène nonchalamment sur le sentier bordant un lac qui s'étire sur des kilomètres.

Les gens se baladent amoureusement main dans la main, me faisant un signe amical au passage. J'ai toujours aimé voir les gens heureux, les expressions de visage s'illuminer devant le rire des enfants.

Après le boulot, j'ai décidé de venir ici me libérer l'esprit, profiter de ce bel après-midi. Je ne sais pas, ça m'a pris sur un coup de tête. Comme si j'avais pris soudain conscience qu'il fallait profiter de ce que la vie nous offrait. Pour tout dire, j'ai même laissé volontairement mon portable dans la voiture, on ne sait jamais si l'envie prenait subitement à mon chef de me rappeler pour de nouvelles tortures.

Ma respiration est calme, le vent se faufile dans mes cheveux juste assez pour me rafraîchir.

Je fais le point sur ma vie : un boulot un peu stressant, mais très bien payé et où je m'épanouis chaque jour, une maison, un chien, des amitiés sincères et une petite amie fabuleuse.

Que demander de plus ?

C'est drôle de s'arrêter sur sa vie et de savoir qu'on a tout ce qu'on désirait, qu'on est allé au bout de nos ambitions. À défaut de savoir montrer de l'humilité…

Je termine le tour du lac et me dis que je reviendrais bien ici avec ma compagne, Sara, prendre du bon temps.

Après avoir traversé la petite allée qui mène au parking, je monte dans la voiture, pose ma tête sur le siège, et souffle un bon coup comme pour évacuer la moindre parcelle de stress restante.

Ma veste est posée sur le siège passager, je fouille dans les poches pour reprendre mon portable. L'écran n'indique aucune notification : pas d'appels en absence, pas de mails, personne sur Facebook pour me tenir informé qu'il est en train de manger une pomme et aucun message.

Vraiment, j'adore cette journée !

J'allume le contact de la voiture, entame une petite marche arrière, et d'un coup, une pensée, presque une intuition, me traverse l'esprit : *Pourquoi Sara ne m'a pas envoyé le moindre message comme à son habitude quand elle quitte le boulot ?*

Je regarde précipitamment l'heure : 17h42, oui, elle a bien quitté son bureau...

…

'Faut que j'arrête de me prendre la tête pour rien, d'interpréter tout et n'importe quoi... C'est pas la première fois qu'elle oublie de me contacter, il doit y avoir des centaines d'explications.

J'appuie sur l'accélérateur pour emprunter le chemin vers la sortie et rejoindre la nationale. Mon attention portée sur la route m'évite de trop penser à des choses inutiles.

Mais après tout : *Pourquoi elle ne m'a pas envoyé ce satané message ?*

J'ai toujours pensé que les détails qui sortaient du quotidien étaient annonciateurs d'un évènement bon ou mauvais.

Étrangement, les cent trente-cinq euros d'amende et trois points en moins sur mon permis deviennent assez risibles face à mon envie de l'appeler. Ça sonne, mais ça ne répond pas. Je retente de l'appeler, et je retombe sur son répondeur.

…

Il faut que j'apprenne à me calmer, je sais qu'il n'y a rien d'alarmant.

Je tente de reprendre une conduite normale et relève mon pied qui s'en était pris à l'accélérateur.

J'attends.

J'allume le poste.

J'écoute la musique.

Je m'arrête au feu rouge.

Je regarde autour de moi les passants.

Je cherche une occupation jusqu'au feu vert.

Frustration !

Toujours pas de réponse !

Je reprends mon téléphone et décide de

l'avoir coûte que coûte en ligne, même s'il faut l'appeler quatre-vingt-douze fois !

Je me gare un peu n'importe où, je l'appelle, répondeur, je raccroche, je l'appelle, répondeur, je raccroche, je l'appelle, répondeur, je raccroche, je l'appelle, j'entends un petit bruit qui me laisse penser qu'elle est en train de répondre, mais non, répondeur…

La colère monte en moi.

*Il se passe quelque chose…* me dit une voix dans ma tête.

Je tente de ne pas l'écouter.

*Il lui est arrivé quelque chose…*

« Rho, ta gueule, toi ! » dis-je tout fort comme pour faire taire la voix.

Je me calme.

Il faut que je la trouve ! Où peut-elle être ? Chez une amie ? Je pense à sa meilleure amie, Manon, qui habite tout près d'ici. Je décide de descendre de la voiture pour m'y rendre à pied. En coupant par un petit chemin, j'y suis en deux minutes. Je ne remarque rien d'anormal, la voiture de Manon est garée devant la maison, celle de Sara n'y est pas.

Est-elle en route ?

Je pourrais attendre, mais si quelqu'un me voit, j'aurais vraiment l'air con…

L'envie de faire demi-tour me prend,

j'hésite… Et au moment de prendre ma décision, mon portable vibre enfin dans ma main. Un message : Sara !

« Je vois que tu m'as appelée plusieurs fois. Je suis à l'appart. Tu peux venir ? »

Ouf ! Je suis rassuré, elle est là ! Chez nous ! Elle m'attend ! Le cœur plus léger, je me rue à la voiture pour la rejoindre aussitôt. Je monte, mets la ceinture et démarre. La voie est libre.

*Pourquoi elle n'a pas mis le moindre mot d'amour ? Un « Coucou chéri », ou un « bisous, je t'attends » ?*

Mon pouls se remet à s'accélérer. Je déteste ces pensées qui me prennent d'un coup pour prévoir le pire ! Mais après tout, pourquoi elle ne l'a pas fait ?

Je lui envoie : « Ça va ? »

Elle me répond : « Oui, pourquoi ? »

Je réponds : « Ça n'a pas l'air… »

Elle me répond : « Si. Tu arrives quand ? »

Je réponds : « J'arrive… »

J'insère la clé dans la serrure, j'ouvre, elle est là, debout, près de la table du salon, en train de se servir un verre d'eau. Elle me voit, marque son visage d'un sourire tiré.

« Tu voulais me dire quelque chose ? » lui

dis-je.

Elle attend, comme si elle ne savait pas quoi dire. Je lui fais un signe de la tête pour insister.

« Je crois... dit-elle, qu'on devrait arrêter... »

Je sens presque mes dents vibrer sous la baffe que je viens de me prendre. Je vous passe la discussion, rien d'extraordinaire, tous les classiques sont sortis : « on restera ami », « me laisse pas », « tu trouveras quelqu'un de mieux que moi », « t'as pas le droit... », « y'a un autre mec ? », « c'est pas la question... », « j'ai emménagé ici parce que t'as insisté, maintenant tu me laisses ! », « bla bla bla ».

La profusion d'émotions m'empêche de ressentir quelque chose. Je suis comme dans un brouillard anesthésiant.
La colère,
La douleur,
La tristesse.
Les questions,
L'incompréhension,
L'envie soudaine de crier,
D'hurler à la face du monde,
Je ne sais pas.
Je ne sais plus.

Ça n'a pas été la meilleure nuit de ma vie, je dois bien l'avouer, mais étonnamment, j'ai réussi à bien dormir. Comme si la rupture ne m'avait pas vraiment atteint, comme si je voulais balancer tout mon passé d'un revers de main pour avancer, aller de l'avant.

J'arrive au boulot, les intestins un peu noués, mais je n'écoute pas mon corps. Je suis encore crevé, mais je n'écoute pas mon état. Mon chef me salue machinalement, il ne lit rien sur mon visage qui pourrait trahir ce qui vient de m'arriver. Il faut dire que dans cette société de faux jetons, je suis passé maître dans l'art de masquer ma pensée derrière un regard concentré sur mon travail.

Là, devant la machine à café, un groupe de collègues discute avant de se lancer dans l'énorme projet qui nous attend. Quelqu'un me serre la main, d'autres me font un signe de la tête. J'essaie de rentrer dans la conversation, mais sans grande conviction. Je tends tout de même une oreille pour paraître présent.

« Bon, oubliez pas de voter pour les délégués du personnel, dit l'un que je ne connais pas vraiment.

- Ouais, bof, y'en a aucun qui me convient, répond Pierre, mon assistant.

- Quoi ? Tu vas pas aller voter ?

- Nan, je pense pas… C'est toujours pareil, on vote et pour quoi au final ?

- Nan, mais attends, t'as pas le droit de dire ça ! Tu te rends compte qu'y'a des gens qui sont morts pour qu'on puisse voter ! Si tu votes pas, c'est les autres qui décident pour toi ! »

Je ne sais pas si c'est parce que je suis dans une journée irritable, mais une phrase vient de me frapper l'oreille. C'est drôle, il me semble avoir entendu celui qui défend le droit de vote dire : *t'as pas le droit de dire ça…*

Et en contraignant par le chantage son collègue d'aller voter, n'est-ce pas lui qui décide à sa place… ?

Bref, je ne veux pas rentrer dans le débat, j'ai un peu mal à la tête, et je pense que la discussion sera sans fin avec cet individu prêcheur de bonnes morales et de sagesses.

Je retourne à mon bureau, m'affale dans mon fauteuil et allume mon ordi. Là, je me prends à repenser à Sara. Pourquoi ne suis-je pas plus affecté que ça ? En réalité, ce n'est pas que je ne sois pas affecté, c'est que je n'arrive pas à me souvenir d'elle, de notre vie à deux. J'ai des bribes d'images qui reviennent en forçant un peu, mais c'est tout…

« T'as fini le dossier pour le centre

culturel ? me lance une voix qui me sort de mes pensées.

- Heu… Oui… » dis-je, un peu confus, en levant la tête.

Il s'agit de Pierre qui est parvenu à s'échapper de l'emprise du défenseur de sa... Heu… de LA liberté d'opinion.

« Ça va, toi ? me dit-il.

- J'ai un petit mal de crâne, mais je t'expliquerai plus tard… Monsieur Pheulin est arrivé ?

- Nan, justement, c'est le moment de faire le point. »

Monsieur Pheulin est le directeur de la boîte d'architecture dans laquelle je travaille. Un sale connard de bureaucrate très loin de la réalité. Heureusement que mon chef direct fait l'intermédiaire entre lui et moi, sans quoi, je l'aurais sans doute déjà abattu de sang-froid…

« J'ai plusieurs propositions à faire, dis-je. Le problème, c'est le budget. »

Pierre consulte d'un œil intéressé les différents modèles crayonnés que je viens de sortir d'une pochette. Il s'arrête sur un bâtiment aux allures très futuristes : une immense façade uniquement en verre épousée par un toit aux courbes presque féminines. L'inconvénient pour ce genre de construction reste l'isolation thermique. Je sais que le budget est serré, *très serré* répète sans cesse monsieur Pheulin, et nos chefs nous demandent toujours plus de créativité, surtout dans le milieu culturel, avec toujours moins de moyens.

« C'est celui-là que tu vas présenter ? me demande mon subordonné.

- J'hésite... S'ils le refusent, je ne vais sans doute pas être retenu pour la deuxième proposition. »

Je lui montre un autre croquis. Le bâtiment est cette fois-ci beaucoup moins ambitieux : un simple cube de béton, aux courbes presque grossières, recouvert sur une face de planches de bois. Ça coûte moins cher...

« S'ils acceptent ce concept et que tu es reconnu pour ça, poursuit Pierre, tu trouveras plus jamais de boulot après...

- Le pire, c'est qu'ils seraient capables de choisir celui-là... »

Je ris avec mon collègue. Travailler m'empêche de cogiter, de sombrer dans les abymes de la pensée sans fin.

D'un coup, une voix m'appelle à l'autre bout de la pièce. Il s'agit de mon chef, je l'ai reconnu. Mon collègue me glisse un « bonne chance » tout bas quand je me lève avec les différents croquis pour me diriger vers le bureau de mon chef.

« Monsieur Pheulin est là, me dit-il. Tu te sens prêt ?

- Ouais... »

J'entre. Un homme imposant, fumant un cigare, est assis en tête du long bureau. Il me considère à peine, comme si me prêter de l'attention lui enlèverait de l'importance.

J'étale les différents modèles du centre culturel et argumente en appuyant sur l'architecture aux courbes exquises comme s'il s'agissait d'œuvre d'art.

« Et combien ça va me coûter, tout ça ? m'interrompt d'un coup Monsieur Pheulin.

- Heu... Et bien, il est difficile d'établir un budget à ce stade du projet... Ce n'est que prévisionnel...

- Lequel me coûtera le plus cher ?

- Je dirai... »

Je réfléchis. Dois-je lui dire la vérité ? Après tout, ira-t-il vérifier ?

« Celui-là, vous fera sortir plus d'argent » mens-je en pointant du doigt le cube de béton.

Je tente le coup, son obsession pour l'argent lui fera sans doute prendre une décision hâtive. L'homme s'empare alors du croquis du centre culturel avec l'immense façade de verre, semble l'analyser, puis jette un œil à mon chef comme pour obtenir son approbation. Étrangement, au vu de son expérience, ce dernier aurait dû réagir face à mon mensonge, mais il reste de marbre. M. Pheulin s'exclame alors :

« Mais, il est très bien celui-là ! Parfait !

- Vous êtes sûr ? dis-je comme si moi-même je n'arrivais pas à croire à mon propre mensonge.

- Mais oui, regardez-moi cette merveille ! Allez, jetez-moi le reste à la poubelle ! »

« Alors, ça s'est passé comment ? » me demande Pierre une fois que je rejoins mon bureau.

Je prends un temps pour répondre.

« Heu... Super ! dis-je.

- Il a accepté ton premier choix ?

- Ouais !

- Bah merde ! Qu'est-ce qui lui prend ?

- 'Faut croire que je sais convaincre !

- Ce soir, champagne ! »

J'esquisse un sourire, fier de moi. Mon assistant me lance qu'il va falloir se mettre immédiatement au travail avant de retourner s'asseoir à son bureau situé en face du mien.

Enfin ! L'une de mes propositions est

acceptée pour un projet important ! Mon nom sera affiché dans le hall du nouveau centre culturel de Paris !

*Et si elle t'avait quitté pour un autre mec ?*

Sueur froide. Pourquoi cette pensée me traverse d'un coup l'esprit ? J'étais apaisé et quelque chose vient me ramener à la réalité. Pourquoi ?

Quelle est cette partie de moi qui cherche à me mettre mal ? À penser au pire ?

*Elle a dû rencontrer un autre mec...*

Rhaa, arrête de penser à ces conneries, merde ! On était trop proche pour qu'elle puisse faire ça ! Elle m'a quitté, mais je la connais, c'est Sara, elle serait incapable de faire une chose pareille !

J'entends comme un ricanement.

*Et après tout, pourquoi pas ? Qu'est-ce que tu connaissais d'elle ?*

Nan, c'est pas possible ! Je me fais des films...

J'essaie de me reconcentrer sur mon travail et allume mon ordi. Je veux pas laisser la jalousie, la bêtise, prendre le pas sur mon calme. Je lance le logiciel d'architecture qui me permettra de faire les premières représentations 3D du bâtiment.

Je fais les premiers tracés, j'hésite, je

reprends en m'approchant encore plus de l'écran, je tente de vider mon esprit, je me concentre, je me concentre sur ma concentration, puis, je m'arrête.

Un vide rempli de questions floues envahit mon esprit. Je ne pense rien, je ne ressens rien, et pourtant... Je ne comprends pas et je souffre en silence. Les émotions sont si enchevêtrées qu'elles deviennent confuses. Je tente de les arracher pour mieux les étouffer.

*Elle t'a lâché... Elle s'est barrée sans même se retourner... Et tu prétends la connaître ?*

Oui ! Mais j'avais mes torts aussi !

*...*

*Tes torts ? Et alors ?*

Et alors, la ferme ! Lâche-moi !

C'est pas croyable ça, je m'engueule avec moi-même ! Je décide d'arrêter de m'écouter, me lève et fonce vers Pierre. Pourvu qu'il me change les idées !

« Tu fais quoi ? » lui dis-je, inopinément.

Il lève la tête de son ordi, étonné, presque comme si je venais de le réveiller. C'est vrai qu'au travail je n'ai pas pour habitude d'engager d'un coup la discussion. Et comme dirait Columbo : les détails qui sortent de l'ordinaire sont bien plus révélateurs que n'importe quel autre signe...

« Je commence à partitionner le budget… Mais t'es sûr que ça va, aujourd'hui ? » répond-il.

Et voilà ! Mon comportement inhabituel a fini par trahir mes émotions. Ce que je ne voulais surtout pas !

« Ouais... Je t'expliquerai...

- Ça fait deux fois que tu me sors ça... Tu veux pas me dire ? »

Je ne réponds rien. Je crève d'envie de tout lui dire, et en même temps, je m'y refuse.

« Bon allez, lance-t-il, on se prend un petit café, et tu me dis tout ! »

Il m'offre le café. On s'installe à une petite table. Pierre n'ose pas trop me brusquer, et moi, je ne dirai rien si on ne me brusque pas. Après un temps, il me dit d'une voix très amicale que je peux tout lui dire, que ça me fera du bien de me confier. Je commence, je laisse un peu vagabonder mes paroles, je tourne un peu autour du pot, puis je rentre doucement dedans avec une certaine retenue, et enfin, je plonge dans le pot en m'en foutant plein partout. Les émotions montent aussi vite que j'ouvre la bouche et me contraignent à m'arrêter plusieurs fois pour me ressaisir et faire bonne figure. Merde ! Je ne pensais pas que j'avais ça au fond de moi ! Je me cachais derrière des pensées positives, j'avais enterré cette saloperie de boîte de Pandore six pieds sous terre pour croire en un avenir meilleur.

Et voilà...

J'en suis là...

Je n'ai plus rien...

Je suis face à un gouffre...

Je me sens vide et prêt à exploser...

Seul...

Pierre me regard d'un air désolé. Je n'aime pas ça. Et en même temps, je l'en remercie. J'avais tellement besoin de ça, et tellement pas besoin de cette situation.

Je n'ose lui parler de ma crainte que Sara ait rencontré un autre mec.

« Si elle est partie si rapidement, c'est qu'il doit y avoir une raison... » dit-il, comme un fait exprès.

Tais-toi, ne le dis pas ! me dis-je.

« Tu sais s'il y a une autre raison ?

- Heu... Nan... »

N'insiste pas, s'il te plait... supplié-je, intérieurement.

« Tu sais pas si elle a rencontré quelqu'un d'autre ? »

Le con ! Il l'a dit ! Je ne voulais pas l'entendre, et lui, il concrétise cette éventualité en la prononçant !

Il m'interroge du regard, un regard devenu mon bourreau.

« Nan, réponds-je. Je pense pas, j'en sais rien... Peut-être... »

Il me regarde, désolé.

Je lui en veux, et en même temps, je lui suis reconnaissant.

Quelque chose bouillonne en moi. C'est ridicule... Tout ça est tellement ridicule... Je m'en veux d'être dans cet état pour quelque chose d'aussi ridicule...

Je vais rentrer chez moi ce soir, elle sera là, elle va me sourire, tout sera normal, on reprendra notre petite vie, peinard, et on ira au ciné !

...

Ça paraît tellement accessible et inaccessible à la fois... Je pouvais encore me délecter de cette vie il n'y a même pas vingt-quatre heures... Et là, tout paraît si loin, si inatteignable...

Je veux hurler, je veux crier, je veux déchirer cette prison temporelle qui m'empêche de revenir juste quelques heures plus tôt, de reprendre ce qui était en ma possession il y a encore si peu de temps ! Et si j'avais agi autrement ? Si j'avais corrigé mes défauts ? Je me sens faible, et je veux exploser !

Cette colère en moi que j'étouffais, je la sens envahir chaque membre de mon corps. Cette discussion, cette brèche, a permis de faire ressortir en moi cette tension dont je n'avais même pas connaissance.

*Elle t'a menti, elle s'est barrée, un autre mec lui a tourné autour, et elle, elle a foncé, ravie de cette nouvelle étincelle !*

Je laisse cette voix en moi me dicter ce que je me refusais de voir. Elle me fait du bien, elle est comme une alliée. Quel meilleur allié que sa propre conscience ?

Ma conscience est-elle consciente et lucide ? Je m'en fous, en ce moment même, je m'en fous ! Elle est mon alliée, et tout ce qu'elle me dit me procure du réconfort. Je me réconforte dans l'idée que je suis la victime, et que j'ai le droit de ressentir cette colère !

*C'est donc ça ta vie ? Construire, et encore construire ? Construire des bâtiments, construire des relations, construire tout ça sur des mensonges ? Hein ? C'est ça ta vie ?*

*Voir tout s'effondrer ? Être faible, ne pas pouvoir maîtriser les éléments extérieurs ?*

*Tandis qu'elle, elle essaie de se persuader que je suis responsable de tout pour se donner les moyens d'agir mal ?*

« Tu veux que j'aille avec des potes lui péter la gueule à ce mec ? demande Pierre.

- Nan… » dis-je.

Je veux pas me rabaisser à son niveau de malhonnêteté… Mais si mon collègue pouvait agir sans mon consentement…

« Je me sens si ridicule… dis-je, comme une conclusion.

- Non, tu es loin d'être ridicule. Tu as été profondément blessé par un être qui à priori ne te méritait pas »

Pierre me laisse là, il comprend que j'ai besoin d'être seul un moment. Mais je me refuse d'altérer ma vie sociale, mon boulot, à cause de ça. Je me ressaisis, ou plutôt, je tente de ressaisir les apparences.

Les six dernières heures de boulot sont étonnamment très longues et très courtes. Étrange sensation… Des images viennent perturber ma concentration ponctuellement, des mots d'affection résonnent encore en moi. Ils sont comme des échos d'une vie révolue.

Je bouge, je m'agite sur ma chaise. Je ponctue ma journée de micropauses. Je me cherche des cafés dégueulasses, je vais aux toilettes plus de fois que mon corps me le réclame, je fais des tours inutiles sur internet et j'envoie des textos vides de sens à mes amis.

Pourvu que tout ça me change un brin les idées tant que je suis au travail. J'aurai toute la nuit pour sombrer dans la folie de l'agitation du cerveau.

Je dois trouver ! Qui est cet homme ? Comment l'a-t-elle rencontré ? Je rentre à l'appart, et je fouille dans toutes ses affaires !
Rien !
Je ne trouve rien !
J'enrage, je veux tout renverser !
*Peut-être dans ses dossiers...* me dit la voix.
J'allume l'ordi et parcours tous les fichiers récents, mais je ne trouve rien également.
*Comment aurait-elle pu rencontrer quelqu'un ?*
*Où ?*
*À son boulot ?*
*Mais oui !*
Je dois y aller ! Le voir ! Savoir !
Je remonte dans ma voiture et fonce en direction du boulot de Sara. Il est un peu plus de 17h, avec un peu de chance, je devrais arriver au bon moment. J'adopte une conduite qui aurait tendance à m'énerver s'il s'agissait d'un autre conducteur, mais j'ai mes raisons, mon excuse : le ticket moral pour braver les interdits sans culpabiliser.

Le parking est immense, je choisis une place qui me permettra de voir l'entrée du bâtiment sans être vu.

J'attends. Pas longtemps, et pourtant, le temps me semble très lent.

J'en ai marre de cette trotteuse qui se joue de moi à la première occasion. Mais à peine ai-je le temps de m'emporter contre ma montre que je vois Sara sortir du bureau. Un mec à côté d'elle. Grand. Pas très beau. Un sourire surfait. Une attitude travaillée pour paraître cool. Des mouvements calculés. Une tchatche superficielle pour masquer un intérieur insipide. En bref, un moche qui n'a pas d'autre choix que de se montrer bienveillant pour avoir une copine...

*Elle t'a quitté pour ce tocard…*

Mon cerveau vient d'enregistrer à vie ce parasite. Ils discutent un peu. Quand ils se disent au revoir, il lui fait la bise, une main sur le bras. Un geste qui se veut à la fois détendu et intime. Elle sourit. Elle croit sourire.

Je me décide à suivre l'homme. Il monte dans sa voiture et part dans le sens opposé du chemin que j'ai emprunté en arrivant. Quand Sara est assez loin, je passe la première et fonce pour rattraper mon retard sur l'individu.

Je reste à distance, il roule vite, trop vite.

Mais je ne me laisse pas distancer.

Enfin, il arrive devant un petit immeuble, se gare et monte rapidement.

*Il se casse, et toi tu fais rien ?*

Qu'est-ce que je peux faire ? Je peux pas l'empêcher d'avoir une vie !

*On s'en fout, tu vas pas rester ici sans rien faire ! Fais !*

J'enrage, je frappe le volant. J'ai toujours eu peur que l'airbag se déclenche et de rester coincé quand je fais ça, mais l'envie de cogner est plus forte que ma peur. J'écrase la pédale d'accélérateur, alors que le moteur est coupé. C'est con, mais ça me fait du bien.

*Fais quelque chose !*

J'ouvre la portière, je ne sais pas où aller, mais je sors. Je marche. Peut-être que le gars va ressortir, là, je pourrai aller lui parler. Pour lui dire quoi ?

« Heu, dis donc, c'est pas toi qui as fait dévier ma copine de sa trajectoire ? Bravo, mec ! Avec trois textos pseudo-bienveillants, tu as réussi à détruire plusieurs années de construction ! »

*Soit il est sacrément fort, soit elle est sacrément con…*

Je souris. Résumer la situation de manière si grotesque me fait du bien. La simplification permet parfois de faire ressortir l'idée essentielle.

Quand je me rends compte que j'ai l'air idiot à attendre seul, tournant en rond, au milieu du quartier, je me résigne à rentrer chez moi. J'aviserai en temps voulu.

Je me réveille tôt. Trop tôt. J'ai chaud, j'étouffe. Je me lève immédiatement pour me sortir de cet état de fatigue sans sommeil. Quand je regarde mon téléphone, je remarque que le boulot m'a déjà appelé. Le coup de fil date de la veille au soir, je n'avais même pas remarqué. J'écoute le message, ils ont besoin de moi. Il était évident qu'en acceptant mon projet, ils allaient m'appeler à n'importe quelle heure et que je devrais me montrer disponible à tout moment.

Mon responsable est un homme plutôt conciliant, je sais qu'il ne me tiendra pas rigueur de ne pas avoir répondu présent à son appel.

*Toute façon, qu'est-ce que t'en as à foutre ?*

C'est vrai ça, après tout ? Qu'est-ce que j'en ai à foutre ? Au pire, il va faire quoi ? Me virer ?

Je ne sais pas pourquoi, je décide de jouer mon rebelle aujourd'hui. Habituellement, j'ai plutôt tendance à ne pas trop traîner le matin.

Ce jour-là, je prends mon temps. L'heure défile, mais moi, je profite d'un petit-déjeuner comme je m'en suis rarement fait et d'une douche reposante et chaude.

Je me refuse de penser à après, quelque chose bouillonne en moi et pourrait me consumer si je ne me crée pas de barrière protectrice.

J'arrive au boulot, un peu en retard. Certains collègues s'arrêtent un bref instant de travailler pour me regarder, comme si quelque chose n'allait pas.

*Ils ont jamais vu un mec arriver à la bourre ?*

Je leur fais comprendre d'un simple regard qu'il serait mieux pour eux de se remettre vite à faire semblant de travailler. J'aime quand tout est en ordre.

« Bah alors ? Des soucis pour se réveiller ? me lance la voix de Pierre sur ma droite.

- Pas vraiment, j'avais juste la flemme... »

Mon collègue semble étonné de ma réponse.

« Allez, dit-il avec entrain, te laisse pas abattre ! Concentre-toi sur quelque chose de positif. Le projet, c'est quand même fou ! »

Je fais un signe d'acquiescement de la tête. Au fond, je sais qu'il n'a pas tort, mais je ne peux m'empêcher de sentir mes entrailles remuer. Ma respiration est brève et sèche. Je revois cet *homme*, j'essaie de ne pas y penser, mais il est là, tapi dans un coin de ma mémoire.

*Quelle sale tronche...*

Avec l'insistance de Pierre, je me ressaisis. Je m'en fous du passé, je dois en faire table rase. Là, on m'offre un avenir ! Le futur s'ouvre à moi, et je ne compte pas tout gâcher à cause d'une histoire mensongère, d'une illusion.

Je vais le construire ce centre culturel ! On en parlera à la télé, et on verra qui regrettera d'avoir quitté qui ! Ah ah !

...

Allez, il me reste énormément de boulot, rien que pour finir la structure 3D de l'aspect extérieur.

J'aime concevoir, créer, imaginer, réaliser. J'aime partir de rien, enfin presque, quelques inspirations et une poignée de neurones, pour bâtir un édifice, une œuvre, une chose, dont l'existence, une fois créée, devient évidente.

Je ressens d'abord l'émotion, l'idée, que je voudrais faire passer aux spectateurs. À partir de là des images, des sons, des ressentis, se mêlent et s'entremêlent dans mon esprit pour donner vie à mes intuitions de base. Quand les idées s'enchaînent, je sais que je suis sur la bonne voie. Parfois, la première ébauche de mon concept est trop ambitieuse, presque grandiose. Et bien que mon chef et mon assistant soient toujours là pour me le rappeler, je déteste revoir à la baisse mes ambitions. À cette étape, il faut user habilement de subterfuges pour trouver des solutions aux nombreux problèmes que pose le premier concept sans pour autant décourager mon chef.

Autant dire que ça passe ou ça casse...

Je refuse de dénaturer mon idée de base, je peux l'améliorer, mais il faut que l'esprit reste. Là est toute la difficulté.

Ce nouveau centre culturel à Paris est vraiment une aubaine en or, je ne dois pas décevoir.

Sans m'en rendre compte, je viens de passer la journée à travailler sur le concept en trois dimensions. J'ai beaucoup avancé et quand Pierre vient me voir, il me félicite immédiatement.

« Super ! C'est parfait comme ça ! »

Il a le compliment facile, et je ne peux pas lui en vouloir de fonctionner comme ça dans ce milieu où le piston est roi.

Après la pause déjeuner, au cours de laquelle je n'ai presque rien avalé, nous sommes tous conviés à la réunion du mercredi où l'on fait le point sur les différents projets et les dates importantes à venir. Heureusement, monsieur Pheulin nous a dispensés de sa présence aujourd'hui.

J'entre dans la salle, un collègue me fait un sourire, je n'ai pas vraiment envie d'y répondre. Je fais mine de ne pas l'avoir vu comme chacun sait si bien le faire le soir en rentrant du boulot en bus.

*À quoi sert un sourire sans rien derrière ?*

Une fois tout le monde en place, mon chef parle. Beaucoup. Était-ce aussi long les autres mercredis ? Je m'en souviens plus trop, mais mon Dieu, qu'est-ce que c'est interminable !

Il donne la parole aux autres…

*Trop long.*

Il reprend la parole…

*Sans fin.*

Il montre un diapo…

*À rallonge.*

Il donne les derniers chiffres prévisionnels…

*Interminablement emmerdant.*

Ma montre m'indique que ça fait une demi-heure qu'on est assis.

*Le supplice...*

« Vendredi prochain, dit l'un, le maire du

XIe arrondissement souhaite avoir notre avis concernant la rénovation de l'école primaire Victor Hugo…

- Je pense que la décision est déjà prise, répond mon chef. On ne peut pas laisser les écoles du XIe dans cet état, et Victor Hugo va être la première à bénéficier de rénovations.

- Bien sûr, mais je viens de voir le rapport des rénovations envisagées, et quelque chose me dérange...

- C'est-à-dire ?

- Eh bien, répond mon collègue en s'emparant du rapport : remise à neuf des façades, installation de tableaux numériques, panneaux d'affichages numériques, lecteur d'empreintes biométriques à la cantine, et la liste est encore longue...

- Je ne vois pas où est le souci ? »

Mon collègue prend un temps pour répondre, il semble vouloir exposer son avis de manière claire pour convaincre.

« Les autres écoles primaires voisines ne possèderont pas toutes ces installations avant je ne sais combien de temps… N'avez-vous pas peur de créer des inégalités ?

- Mais elles vont se rattraper, je ne comprends pas votre crainte...

- Elles vont se rattraper quand ? Dans dix

ans ? Quand toute une génération sera passée et qu'on aura creusé les inégalités sociales ? »

Mon chef ne sait que répondre.

« Et d'ici là, le collège Victor Hugo aura encore pris de l'avance, c'est intolérable ! De plus, les écoles voisines ont une population riche en cultures qu'il faut mettre en avant !

- Et que proposez-vous ?

- Il faut annuler les rénovations de Victor Hugo pour que tout le monde ait les mêmes chances de réussite sociale ! »

*Quel crétin...*

C'est drôle, le même qui prône les différences culturelles vient nous pondre un discours pour limiter au maximum les différences entre deux populations. Ce qui détermine les chances de réussites sociales n'est donc que l'argent ? Alors pourquoi existe-t-il des différences ? J'espère que l'argent ne fait pas tout dans ce monde pour donner les possibilités de s'élever socialement et de s'épanouir. J'espère que la fraternité, les envies, les projets, l'art, le sport, la culture, ont leur mot à dire…

Ne faut-il pas mettre en avant les différences sans tenter de formater les gens dans un même moule ? Moi, j'aime les différences, elles font notre magie.

Pour revenir plus précisément sur ce que disait mon *collègue*, s'il avait le choix de ne sauver qu'une seule famille en danger sur dix, en attendant de pouvoir en sauver davantage, ne le ferait-il pas pour qu'elles aient toutes les mêmes chances de survie ?

J'ai envie d'intervenir, mais à quoi bon ? Pour se retrouver face à la bonne morale soutenue par un ton solennel ? Presque paternaliste ?

Aussi loin que je me souvienne, dès le collège quand la société a essayé de me formater sur comment il fallait penser le bien et le mal, quand j'ai compris qu'un groupe de personnes faisait *la bonne morale pour tous*, je me suis dit qu'il y avait un truc louche.

En réalité, mon collègue qui est intervenu, ne cherche-t-il pas à se faire passer pour un Gandhi ? Mais Gandhi lui-même, cherchait-il à devenir Gandhi ? L'homme en face de moi s'est emparé du mot, mais pas du sens…

J'affiche un immense sourire amusé, je crois qu'il le voit. Mais je m'en fiche. Son paradoxe est amusant, j'ai quand même le droit de rire !

Avoir raison, c'est avoir des arguments ? Ou avoir le bon ton ?

Dans ce monde, il faut croire que c'est

avoir le bon ton…

L'homme semble m'interroger du regard.

*Réponds pas...* me dit la voix. *Il n'existe qu'à travers les apparences qu'il renvoie, si tu lui retires ses beaux discours, il ne pourra plus exister, donc, il ne peut pas entendre ce que tu as à lui dire.*

L'étonnant paradoxe de ceux qui aiment les différences quand ça rentre dans le cadre de leur propre niveau de tolérance.

Aujourd'hui, je me sens particulièrement irascible. Habituellement, je passe outre les bêtises et l'égoïsme des autres. Là, les propos frappent mon esprit.

C'est comme une colère intérieure alimentée par les agressions extérieures, comme une tempête qui tourbillonne en moi pour m'animer.

Je me rends compte qu'il n'y a pas vraiment de lien entre le débat de la réunion et mon humeur. Pourtant, tout devient sujet à alimenter ce qui s'agite en moi : les sujets sans importance des collègues, le rire des autres, le temps pourri depuis ce matin.

Est-ce que l'Univers se joue de moi pour que tout le monde vienne m'emmerder le même jour ? Je crois, ouais !

Je suis sûr que ça fait partie des grandes lois de l'Univers que personne ne peut expliquer ! Par exemple, pourquoi quand on fait tomber un petit objet par terre, il va rouler, se faufiler, sauter par dessus les obstacles, éviter les dangers, jusqu'à se loger dans un endroit soit inaccessible, soit dans lequel on ne pensera jamais à aller le chercher ? Y'a-t-il une brèche dans l'espace-temps qui s'ouvre pour récupérer tous les objets qu'on laisse tomber pour qu'on ne puisse plus jamais les retrouver ? Y'a-t-il une intelligence malsaine derrière tout ça qui commandite la destinée des objets juste pour nous emmerder ?

*C'est la poisse… T'as la poisse…* me glisse la voix qui a tendance à m'irriter.

Mais c'est loin d'être la seule loi qui n'existe que pour mettre à rude épreuve notre patience et nous user ! Par exemple, pourquoi, quand on traverse en voiture un carrefour quotidiennement, que ce soit par la gauche, la droite, devant, derrière, le jour, la nuit, en vélo, à pied, à cheval ou en skate, il devient rouge à notre approche !? J'ai même l'amère sensation qu'il me fait un doigt d'honneur en même temps…

Il n'y a aucune réponse ! Je ne veux pas y réfléchir sinon je participerais au jeu dans lequel le destin veut nous faire plonger : nous faire croire que tout est calculé !

Je refuse d'y réfléchir, mais je suis quand même bien remonté… Ça m'a tellement saisi que je n'ai même pas remarqué le départ de mon chef : la réunion est terminée… Ça aura au moins eu ça de bon !

Apparemment, il a conclu qu'il n'était pas de notre ressort de décider quelle école devait être rénovée ou non. On fait notre boulot, point ! Mon collègue le savait déjà, il a simplement voulu se faire mousser avec un beau discours.

« Ils ont parlé de ton projet ? » me demande immédiatement Pierre quand je sors de la salle.

Il commencerait pas à être toujours fourré dans mes pattes, lui… ?

« Non, dis-je, il sait que c'est trop tôt pour montrer quoi que ce soit… »

Je vais m'asseoir. Je l'aime bien Pierre, mais bon… S'il pouvait parfois calmer ses élans d'amitié, ça me ferait du bien…

En rentrant du boulot, j'ai vraiment besoin d'aller faire du sport pour calmer ce qu'il y a en moi. J'enfile mes baskets dont la semelle parfaitement neuve me rappelle à quel point je suis sportif…

Je pars en direction du parc de la ville à

quelques minutes de là. Je cours, vite. Enfin, presque... Je traverse un passage piéton, une voiture s'arrête net, le conducteur me regarde l'air de dire « tu pourrais dire *merci !* »

...

Que faire ?

*Retourne l'insulter !*

Je sais que je n'ai rien à gagner en allant dire à ce connard que ce n'est pas parce qu'il est dans sa saloperie de voiture qu'il est prioritaire et que je n'ai donc pas à le remercier de ne pas m'avoir roulé dessus, alors que j'étais, moi, prioritaire.

Je fais mine de ne pas l'avoir vu râler, je suis là pour me dépenser, dégager l'irritation qui est en moi, pas la nourrir. De plus, le monde des piétons est plus intéressant.

Je continue donc. Après avoir fait un premier kilomètre où je me suis pris pour un athlète, je me rends compte que ni mon souffle, ni mes jambes n'ont les mêmes ambitions que moi.

Je ralentis donc. Je ralentis même plus que prévu. Un point de côté, presque une agression physique, me prend sur le flanc droit. J'ai mal, mais je ne le montre pas.

*T'es vraiment un tocard...*

Je me rappelle alors les cours d'EPS du

collège avec ce prof de sport qui me faisait penser à Schwarzenegger et qui nous rabâchait sans cesse de courir à son allure, qu'il fallait inspirer par le nez et expirer par la bouche, qu'il fallait avaler la même quantité d'air que celle qu'on recrachait...

Quel emmerdeur…

…

Ce serait pour ça que j'ai mal ?

…

Bon, je tente de l'écouter.

…

Ça marche pas !

…

J'insiste…

…

La douleur s'estompe doucement.

…

J'insiste encore, et le point de côté semble disparaître peu à peu.

…

Ça m'énerve…

Mais je n'ai plus mal.

Quand j'arrive au parc, j'aperçois pas mal de joggers qui courent sur les différentes allées. À ce moment-là, je me demande si ce sont des habitués qui vont me faire passer pour un débutant, ou bien s'ils ont tous sorti comme moi leurs baskets de la cave en se posant les mêmes questions à propos des autres joggers.

Je ris.

Je m'agace aussi. Je veux pas passer pour le naze du groupe. Je prends donc une posture sûre de moi. Je me redresse, regarde fixement l'horizon. Je respire avec conviction. Pas trop non plus...

C'est plutôt épuisant de courir comme ça, mais je tiens. Je sens mes épaules tirer sur ma nuque, comme si elles n'avaient jamais vraiment porté mes bras jusque-là. Je regarde ma montre, ça fait que dix minutes que je cours, j'ai déjà envie d'arrêter...

Il faut que je tienne au moins vingt minutes ! Vingt minutes pour une reprise, c'est bien ! Je pourrai dire que je veux commencer doucement pour monter progressivement. Je cours. J'essaie de ne pas penser que je cours. Mon corps me le rappelle.

Avec une montre, le temps est sacrément long ! Je décide alors de ne plus la regarder !

Enfin... plus avant un petit moment. Je regarde autour de moi, il y a des enfants, des footballeurs... du dimanche... des cyclistes, des oiseaux, des familles. Je n'avais jamais vraiment remarqué ces humains jusqu'à présent. Je parle de ceux qui sont en couple...

Où étaient-ils avant ? Pourquoi ne les voyais-je pas ? Sont-ils tous sortis de leurs bourgeons d'un coup avec l'arrivée du printemps ? Étrange comme notre perception du monde change...

Je m'arrête près d'une petite fontaine à eau, sans regarder l'heure, je dirai aux autres que j'ai fait trente minutes. L'eau me rafraîchit, ça me fait vraiment du bien, je sens que la colère est sur le point de se calmer.

D'un coup, un homme me demande de lui laisser la place devant la fontaine. Je bloquais l'accès sans m'en rendre compte. Je me retourne vers l'individu avec un sourire pour m'excuser, et là, mon cœur se bloque… Ma respiration aussi. Devant moi, se tient le salopard... Le moche qui transpire la superficialité. Et qui transpire tout court.

C'est drôle comme l'Univers s'amuse de nous. Sur tous les Êtres Humains qui pullulent sur cette foutue planète, je tombe sur le seul crétin qui me fout la gerbe ! C'est comme quand on entend mille fois un mot nouveau qu'on avait jamais entendu jusque-là. C'est encore un coup de la loi de la poisse, ça !

*Quelle sale gueule... Au moins, avec une tronche pareille, il ne pourra plaire qu'à une seule femme sur Terre. Bon… pas de chance, c'est ton ex... Elle a vraiment des sales goûts... Ah ah...*

Je lutte intérieurement pour faire taire la voix.

« Vous courrez souvent ? » me demande l'homme.

*Ta gueule !*

Il n'a pas l'air de savoir qui je suis. Sa voix nasillarde me frappe les tympans.

« Heu... Oui... » dis-je.

*Lui réponds pas !*

« Vous habitez dans le coin ? » poursuit-il.

*Mais pourquoi il insiste ? Merde !*

« Juste à côté...

- Ah, vous avez beaucoup de chance ! »

*Mais pourquoi il me parle, lui ? Casse-toi !*

Mes muscles vibrent. Il n'est en réalité même plus question de Sara, mais de justice ! Ma justice ! Qui est cet individu, n'ayant aucun code d'honneur, pour venir interférer dans ma vie ?

*Défonce sa sale gueule !*

« J'essaie de trouver un appart dans le coin pour me rapprocher du boulot... »

*Il parle, il te parle encore ! Mais ferme-la ! Boucle-la !*

Pourquoi il me parle ? Qu'est-ce qu'il me veut ?

*Il vient te narguer, je te le dis ! C'est un*

*parasite, un virus, un cancer !*

« Je cherche depuis plus d'un mois, rien à faire ! Vous auriez une agence à me conseiller ? »

*Je vais lui arracher les yeux, s'il continue ! Je vais lui exploser la tête ! Lui broyer les os !*

Mes poings bouillonnent, deviennent chauds, sont frappés de secousses.

*Cet enfoiré me pique ma femme et se montre comme ça ! Devant moi ! Je dois écraser cette vermine ! L'aplatir de mes poings.*

Un craquement.

*Je veux le broyer, l'entendre s'étouffer dans son vomi.*

L'odeur du sang.

*Je veux le tuer de mes propres mains !*

Un cri de souffrance.

Qu'est-ce que… ?

C'est quoi ça ?

Un corps inerte !

Merde, qu'est-ce que j'ai fait ?

Mes mains sont pleines de sang !

L'homme ?

Le visage déformé, au sol !

*Merde…*

Merde ?

Merde !

Mes pensées ont envahi mes poings ! Se

sont emparées de mon corps ! Le salopard est à terre, le nez écrasé, l'arcade sourcilière gauche couverte de sang, les lèvres lacérées, la mâchoire déplacée. Le pauvre, il était déjà pas très beau...

Est-ce moi qui ai fait ça ?

*Qui d'autre, crétin ?*

Je regarde tout autour de moi, mon premier réflexe n'est certainement pas de me soucier de son état de santé, mais de savoir s'il y a eu des témoins.

*Coup de pot, personne !*

La fontaine se trouve dans un petit renforcement du parc, entourée de buissons. En quittant vite les lieux, et en reprenant une attitude de jogger, je passerai ni vu ni connu.

Ah ah ah ! ... Ah ah ah ah ah ! ...

Je lui ai pété la gueule ! Ah ah... Je l'ai défoncé ! ...

Je suis rentré en courant le plus vite possible, je me suis barré sans jamais me retourner... Je ne voulais pas rester enfermé là-bas. Remarque, je ne suis pas le seul à avoir fait ça...

Le destin m'a vengé, le gars m'est tombé entre les mains dans un espace à l'abri des regards. C'est beau ! La vengeance, certes irresponsable, est belle !

Mes poings ont parlé pour moi ! Parfois, il est mieux de ne pas trop réfléchir…

…

Mais alors, qui a réfléchi pour moi ?
Moi ?
*Qui d'autre, crétin ?*
Heu… Ai-je voulu démolir ce moche ?

Je ne crois pas… Non, je voulais juste partir, ne plus le voir.

…

Je voulais le voir souffrir, mais pas me défouler sur lui… Alors qui ?

*Pourquoi tu te poses toutes ces questions ? Hein ? Le gars a eu son compte, ce qu'il méritait !*

*Il te pique ta meuf, tu le défonces !*

Oui… D'accord… Mais là n'est pas la question. Je n'ai pas décidé de le défoncer. Je n'ai jamais autorisé à mes poings de se contracter, de se lever, et de bondir en direction de son visage… Qui a décidé ? Là, est la question…

Qui décide pour moi de mon état ? De mes actions ? Qui décide si je me lève pour avancer ? Si je cours pour écraser ? Ou si je reste sur place pour pleurer ?

Moi ?
*Ah ah ah…*

Mes sentiments ?
*Trop rationnel...*
Mes émotions ?
*Trop irrationnel...*
Mes humeurs ?
*Trop profond...*
Toi ?
*Moi ? Je suis toi, crétin...*
Alors pourquoi tu me parles ?
*J'exprime juste ce que tu te refuses d'exprimer...*
J'exprime ce que je veux !
*Non...*
Si !
*Tu te mens...*
La ferme, je me mens pas !
*Si...*
Tu vas la fermer, je dis ce que je veux ! Je pense ce que je veux !

...

*Alors pourquoi tu ne vois que ce que tu as envie de voir ? Pourquoi tu interprètes les choses comme ça t'arrange dans ta propre vision du monde où tu es à la fois le roi et la victime ? Pourquoi tu ne retiens que ce que tu veux pour confirmer la vision que tu veux te donner du monde ?*

Tu réalises que j'ai rien compris à ce que tu viens de dire ?

*Si…*

Rhaa ! Mais la ferme !

*Pourquoi je me tairais, je suis le seul à être honnête !*

Quoi ? Moi, je suis pas honnête ? C'est pas moi qui ai trompé ma copine ! J'ai toujours été honnête, moi !

*Et avec toi-même, tu es honnête ?*

*…*

Oui…

*Alors pourquoi tu refuses d'admettre que tu as décidé de défoncer ce mec ?*

C'était pas moi ! Je ne résous pas par la violence mes problèmes !

*C'était qui alors ?*

Mais merde, mais tu vas te taire !

*Dis-le !*

Je m'en fous !

*Dis-moi !*

Mais ferme-la une bonne fois pour toutes !

*Dis qui a frappé cet homme, qui a les mains couvertes de sang ? Qui ?*

Ferme-la, merde !

*Arrête de te cacher derrière une colère, tu es…*

« TU VAS FERMER TA GUEULE ! JE TE DIS ! JE NE VEUX PLUS T'ENTENDRE ! »

*…*

Le silence…
Le calme…
La paix…

…

Je souffle longuement. Je suis dans le même état d'engourdissement émotif qu'après un gros effort. Mon front moite témoigne de cette ressemblance. Le calme après la tempête.

Quelle est cette voix en moi qui ose venir me déranger ? Qui ose avoir la prétention de savoir ce que je pense ? Ce que je ressens ? Qu'est-ce que c'est que cette chose qui se croit cachée en moi ?

Je suis moi ! Et personne ne se cache en moi !

…

Sinon, je le verrais ?

Je me décide d'un coup d'arrêter de penser. Vivre ma vie. Vivre intensément. Profiter de chaque moment.

Je ressens même un certain réconfort à l'idée de me retrouver seul, de prendre du temps pour moi. J'appelle Pierre, je sais pas trop quoi lui dire, mais j'ai envie de parler, rigoler, montrer ma bonne humeur. Je ne veux pas que ma disposition à la gaieté redescende.

Par la suite, je me fais un bon repas en regardant la télé. De la nourriture, du rire, c'est tout ce qu'il me fallait !

Après tout, qu'est-ce que j'en ai à foutre de Sara ? J'ai tout ce que je veux !

Je me reprends une bière.

Pourquoi chialer pour quelqu'un qui fuit en se créant des raisons de fuir ? C'est de la tristesse ou de la déception que je devrais ressentir ?

Moi, je sais !

À la télé, y'a une énième rediffusion d'une série qui me fait particulièrement rire. Le rire, c'est le fondement de notre psychologie, le ciment entre tous les aspects de notre personnalité. On rit quand on est bien, on rit quand on est perdu, on rit quand on est triste. Je ris donc je suis ! Le bruit gras de mon rire peut en attester.

Mais ceux qui ne connaissent pas le rire, quel est leur ciment ? Les larmes ?

C'est l'esprit libéré que je vais me coucher, j'ai même l'impression qu'une barrière invisible, mais très efficace, s'est créée autour de moi. Mes yeux tombent, mes pensées sont vagues, flottantes. Dans mon lit, je consulte une dernière fois mon ordi, je n'aime pas être trop accro, mais je ne peux pas m'empêcher d'aller faire un tour sur les réseaux sociaux pour fouiner dans la vie des autres. Ce n'est pas comme ceux qui vivent leur vie par procuration, moi, c'est juste de la curiosité...

...

C'est drôle comme il suffit d'avoir une excuse, un ticket, pour faire quelque chose qu'on ne tolère pas lorsque les autres le font.

J'apprends que l'un de mes anciens camarades de fac a eu une promotion, c'est chouette pour lui. Je lui mets un « J'aime ». Je vois aussi qu'une femme qui travaillait avec moi il y a des années se pavane en bikini sur la plage... Toujours par simple curiosité, je regarde... Mais très vite, mon œil est attiré par autre chose. Sur la droite, je peux voir un aperçu de ses contacts. Une silhouette m'est très familière. Étrangement familière. Écœurement familière. L'homme ! Là ! Encore là ! Toujours là ! C'est lui, ce salopard est sur mon écran ! Et dans ses bras, il tient...

Pourquoi ? Pourquoi le destin s'acharne à me le montrer ? Pourquoi elle est dans ses bras ?

La loi de la poisse frappe à la porte à n'importe quelle heure !

Au fond de moi, j'entends presque la voix

en train de rire. Elle rit non pas de moi, mais de tout ça. Elle rit parce qu'elle n'a pas le choix ! Je ris parce que je n'ai plus le choix !

J'éclate d'un rire lourd seul dans mon lit trop grand.

Des mots résonnent dans ma mémoire. Des mots qui sont comme des échos de ma vie antérieure. Ma vie avec l'autre. J'entends mon passé se déchirer. Je l'entends très clairement. Et dans tout cela se réveille ce que je m'efforce de taire. Le brouillard est très épais, pourtant, dans cet intense manteau de fumée se manifeste au loin une lumière. Je la connais. Enfin… Je veux la connaître.

*Comment tu as pu faire confiance à cette salope ? Hein ? Qu'est-ce que tu croyais ? Que tu étais dans un film ? Que les choses étaient faites pour aller dans le sens des gens qui s'efforcent à être honnêtes et droits ?*

*Ta stupidité m'écœure !*

Je m'écœure à être aussi con !

*Sois comme les autres, trompe ta copine, vole celle des autres, tu verras ! Tout ira dans ton sens ! 'Faut savoir vivre avec les règles du jeu.*

*Pourquoi te faire chier à être quelqu'un de bien quand le monde est dominé par le mal ?*

*Alors qu'est-ce que tu fais encore là ? Vas-y, joue le jeu !*

« Bien sûr que je vais jouer le jeu ! »

Je me rhabille à la hâte, je ne sais pas quoi faire, mais je vais le faire ! Je ne sais pas où aller, mais je vais y aller !

Dans ma voiture, je roule des dizaines de minutes. J'erre dans les rues de Paris. Il y a du monde, beaucoup de monde. Des gens pressés, des gens en groupe, des gens seuls, des gens au resto, des gens qui errent, des gens qui sortent du ciné, des gens assis par terre, des gens heureux. Il y a des filles, des jolies, et d'autres... Mais moi, j'en veux pas, les célibataires sont des ombres rares et laides, et les couples sont des insectes qui fourmillent par milliers en vous narguant de leur bonheur. Ce monde d'humains me répugne. Je pensais être comme eux, je pensais pouvoir me fondre dans la masse et me retrouver parmi mes semblables. Toutes ces années dans l'illusion pour me sentir protégé, aimé, entouré, existé. Mais je la sens cette solitude, celle qu'on ressent quand on arrête de penser, quand on se regarde, quand on se retourne, quand on ouvre les yeux sur qui nous sommes.

Alors maintenant, ça suffit !

Marre de me retrouver face à moi ! Marre de ressentir cette angoisse ! Marre de devoir comprendre les autres et accepter en souriant !

Je vais voir des filles dans la rue, elles boivent un verre sur la terrasse d'un bistrot. Elles sont à la fois ouvertes aux nouvelles rencontres et agacées de se faire une énième fois aborder par un inconnu. Mais celles-ci ne sont pas comme ces autres belles femmes qui nous regardent comme des meurt-de-faim, qui pensent qu'on les adule pour leur personne. Qu'est-ce qu'on s'en fout d'elles, en réalité ? Elles croient plaire à qui d'autre qu'à nos hormones ?

Mais les trois femmes devant moi sont simples, souriantes, ouvertes, comme celles que l'on rencontre dans la vraie vie.

J'ai même honte de leur présenter ma personne au sourire fatigué.

Comment leur faire savoir que je ne suis pas un inconnu pervers comme les autres, que je suis moi ?

Je leur parle, mais en fait, je ne leur parle pas. Ce que je dis est vraiment inintéressant. Je n'offre qu'un reflet sans consistance de moi.

« Vous venez souvent ici ? » dis-je.

Concrètement, on s'en fout…

« Non, répond l'une, on voulait se faire une petite soirée entre copines. »

En gros, je suis le lourd qui vient perturber leur petite soirée où elles se retrouvaient enfin toutes les trois.

« Vous travaillez dans le coin ? » poursuis-je.

Je ne sais même pas pourquoi je fais ça, elles ne m'intéressent pas, les filles ne m'intéressent plus. Je crois que je cherche plus de la compagnie qu'autre chose. Ou bien, j'essaie de me convaincre que moi aussi je peux plaire…

« Nous deux, on travaille sur Paris, dit l'une des filles en montrant sa copine.

- Moi, je trouve rien… ajoute la troisième. Je suis au chômage en attendant.

- Ah oui, dis-je, mais tu cherches dans quel domaine ?

- Dans l'architecture, j'ai fait un stage pendant mon année de master, mais après, j'ai rien trouvé… »

Mon cœur bondit dans ma poitrine, je crois bien que ça faisait plusieurs jours que je ne l'avais plus senti palpiter celui-là. Au moins, je suis toujours vivant, c'est déjà ça. Le hasard est parfois dingue, j'aborde trois femmes dans la rue, chose que je n'ai jamais faite, alors qu'il n'y a même pas une heure j'étais sur le point de me coucher, et l'une d'elles a la même passion que moi ! Est-ce un signe du destin ? J'ai toujours pensé que les signes n'avaient que le sens qu'on décidait de leur attribuer, mais là, je m'arrangerai avec ma conscience pour accepter que les signes du destin existent. Après tout, n'est vrai que ce que l'on croit. Et si ça m'arrange d'y croire, je vais pas me gêner…

« Tu vas sans doute pas me croire, mais je suis architecte !

- Ah ouais ? Trop cool ! Tu travailles pour quelle boîte ?

- Pour « Avenir-Architecte », pas loin d'ici.

- Ah mais je connais, j'ai une amie qui a postulé là-bas. Vous êtes sur pas mal de projets, nan ?

- Oui, la boîte grossit de plus en plus. Comment elle s'appelle ton amie ?

- Mandy Fernandez, elle a dû déposer son C.V. il y a une semaine.

- Je connais bien la D.R.H., je peux leur parler de vous. »

Dans la discussion, la fille me donne son numéro ainsi que son mail, je lui dis que c'est pour pouvoir communiquer à propos des postes vacants dans la boîte… Ou dans ma vie, je ne sais plus…

Au fil de la soirée, j'apprends qu'on a d'autres passions en commun, comme la moto et le voyage. Je me dis que c'est forcément la bonne ! Elle tombe pas vraiment au bon moment, mais je peux pas rester indifférent. Bon, c'est vrai qu'il n'y a pas plus d'alchimie que ça entre nous, mais je me convaincs de rire un peu de ses mésaventures qu'elle me raconte. Je dois y mettre un peu du mien si je veux accepter ce que le destin m'offre. Autant de points communs sur notre fiche technique, je dois pas passer à côté ! Pour l'alchimie, le rire, la magie entre elle et moi, on verra ça plus tard… Enfin… On forcera un peu les choses, ça devrait aller… Encore une fois, je devrais pouvoir m'arranger avec ma conscience…

Puis, vient enfin le moment de rentrer. Je voulais rester un peu plus et, par la même occasion, me retrouver seul avec l'architecte. Je m'arrange pour être à côté d'elle lorsque nous marchons à quatre dans la rue. Les filles cherchent une station de métro, je connais Paris comme ma poche, mais je feins de ne pas trop savoir où en trouver une. Je ne veux pas qu'elles partent… Au fond, je me demande pourquoi je réagis comme ça, je les connais à peine… Je pense que parfois il est mieux de ne pas se poser trop de questions.

Par chance, quand nous trouvons *enfin* une station, l'architecte semble hésiter à suivre ses copines. Je vois dans son regard qu'elle cherche quelque chose à dire.

« Heu… J'habite pas si loin, lance-t-elle, je peux y aller à pied… »

Bingo !

« OK ! répond l'une de ses amis, amusée. On se voit bientôt ! »

Je les salue, je les remercie.

Enfin ! Seul avec cette fille !

On marche. On parle. Je ris. J'ai envie de rire, même si ce qu'elle dit n'est pas exceptionnellement drôle. Je veux rire !

Après tout, je me crée l'histoire que je veux !

Quand on arrive devant chez elle, je me sens devenir moite. Je deviens moins naturel, je la regarde et j'attends. Je sais pas vraiment ce que je veux, à vrai dire, je voudrais qu'elle se lance… *Qu'elle se lance ?* Mais pour faire quoi ? Je ne sais pas moi-même !

Je me pose des questions, je m'en pose trop. Comment je me suis retrouvé dans cette situation ? C'est drôle où parfois la vie nous emmène… C'est drôle comme parfois il faut savoir composer avec ce qui nous tombe dessus. Le drame n'est qu'un imprévu dans notre quotidien.

J'attends toujours…

Elle parle, me raconte comment elle a perdu ses clés dans une bouche d'égout le matin même. Une histoire pas plus drôle que ça, mais je ris. Je me dis que ce sont les signes du destin qui nous ont emmenés ici, je dois donc jouer le jeu de rire et d'être intéressé par son histoire.

Enfin, elle se décide à avancer vers moi, je ne sais pas si c'était intentionnel, mais d'un coup, je me retrouve à l'embrasser.

C'est bien…

Enfin…

Bref, la suite n'est pas plus intéressante que ça… C'est classique. Trop classique…

Quand je rentre, en marchant seul dans les rues de Paris, plein de questions traversent mon esprit. Étonnement, je ne cherche pas de réponses. Je me plais dans ce tourbillon d'interrogations. Je me plais à ne pas savoir où je suis. Il n'y a même pas une semaine, je me sentais si bien à l'idée de savoir qui j'étais, où j'étais, où j'allais et avec qui. Et pour quoi au final ? Mieux vaut ne pas savoir tout ça en réalité, au moins chaque petit plaisir de la vie devient l'élément principal qui apporte de la joie.

*Vraiment… ?*

J'en sais rien, je veux juste profiter.

D'un coup, quelque chose me percute

l'épaule gauche. Plongé dans mes pensées, je n'avais même pas pris attention aux passants dans la rue.

« Je suis vraiment désolé, dis-je à l'homme que je viens de heurter de l'épaule.

- Tu peux pas faire attention, putain !? me lance-t-il.

- Heu… Je viens de m'excuser…

- J'veux pas savoir ! Sale connard ! Regarde où tu marches ! »

*Qu'est-ce qu'il me veut celui-là ?*

Il est accompagné d'un ami qui, de toutes évidences, a soit un problème de motricité oculaire, soit ne connaît pas d'autre manière de regarder autrui qu'en penchant la tête sur le côté comme un débile pour se donner des airs menaçants.

De sa main de sale dégueulasse, il me pousse.

*J'ai envie de lui…*

Je tente de me retenir.

« Écoutez monsieur, dis-je d'une voix conciliante, je n'ai pas fait exprès, j'étais dans mes pensées, je m'excuse sincèrement…

- Quoi ? Tu pousses les gens, et après tu crois que tu dis que tu t'excuses, et ça y est, c'est fini ?

- Mais qu'est-ce que vous attendez de

plus ? On va pas se prendre la tête pour si peu ? »

*T'as déjà assez de problèmes, c'est pas ce petit merdeux qui va venir t'apprendre la vie...*

« C'est toi qui prends la tête à m'pousser !
- En fait, vous voulez juste vous embrouiller c'est ça ? »

Son ami fait un pas dans ma direction. Et là, je sens quelque chose en moi, une colère monstrueuse s'éveiller. *Qui sont ces gens pour croire qu'ils peuvent intervenir dans ta vie, te faire peur, t'imposer une situation, et cela, juste parce qu'ils sont deux et qu'ils n'ont rien d'autre à faire de leur vie ?*

Il s'approche de nouveau de moi, et me pousse une nouvelle fois...

Je suis chez moi, assis contre un mur. Qu'est-ce que j'ai fait ? Je ne m'en souviens plus trop. Mais mes mains ensanglantées et ma chemise déchirée attestent d'une action plutôt violente, dont, de toute évidence, je suis sorti victorieux...

Dois-je ressentir de la fierté ?

Ou de la peur ?

*Peur de qui ?*

De moi-même, bien sûr ! Et toi, la ferme ! C'est à cause de toi, tout ça !

*Ah ah ah…*

Arrête de rire, putain ! T'as vu ce que tu as fait ?

Des images me reviennent. Je me revois frapper, frapper, et frapper encore. Le premier gars m'a poussé. Et comme un boxeur, comme un serpent, mon bras s'est allongé pour frapper dans sa gorge. Il a émis un bruit étranglé. Le sang est sorti. J'étais comme possédé. À cet instant, je savais qu'en me jetant dans la fosse contre deux gladiateurs, j'allais mourir. Mais tant pis, qu'on en finisse ! Son ami n'a pas attendu pour me bondir dessus et m'attraper au niveau du col. Il a voulu me faire tomber. Je ne sais pas avec quelle force j'ai arraché sa main de mon col, lui ai tordu le bras, et quand il a hurlé sous la pression que j'exerçais sur son coude, cela n'a fait qu'intensifier ma soif de violence. J'ai frappé dans son genou, je voulais l'entendre craquer. Mon corps ne réagissait plus selon ma volonté, mais selon mes émotions. Comme un instinct qui avait décidé de prendre la relève sur mon incapacité à gérer la situation. Les gens me regardaient dans la rue, ils s'arrêtaient pour savoir ce qui se passait. Les bagarres sont courantes dans Paris la nuit. Certains semblaient vouloir intervenir, d'autres filmaient avec leur téléphone portable. Je vais finir comme taré cumulant les millions de vues sur YouTube, c'est ça notre société. J'entendais provenir de la foule des éclats d'horreur quand je brisais chaque os de mes adversaires, j'entendais des rires aussi. De la foule ?

Quand j'eus fini ma tâche, et que la pression retombait quelque peu, le sang dégoulinant sur mon visage, mes mains tremblantes, je remarquai alors cette foule passive autour de moi. Jusque-là, je la sentais sans vraiment la voir. Ils sont là, immobiles, inertes, des expressions d'horreur sur le visage, mais en même temps, je sens qu'ils n'auraient raté pour rien au monde ce spectacle vivant. Ils me dévisagent d'un air de se dire : « Mais qui est ce maboule ? Appelez la police ! »

Et effectivement, je me sens autre. Je me sens différent. Je suis un animal sauvage, un rat, acculé par le danger, sur le qui-vive, prêt à griffer, à cracher.

Quelqu'un a eu le courage de s'approcher de moi, de la bête que je suis. Il m'a demandé si j'allais bien. Mais je l'ai entendu sans vraiment l'entendre. J'ai eu besoin de partir, de m'envoler. Sans me retourner, je me suis enfui des ruelles trop éclairées de Paris.

Me voilà tapi dans un coin de mon appartement. Ai-je fait ce que je crois avoir fait ? Tout est si confus... Les choses que je pensais si inébranlables jusqu'ici, comme le contrôle de mes actes, ont montré leur vulnérabilité. Alors pourquoi ne serais-je pas moi-même vulnérable ? Instable ?

Suis-je quelqu'un de stable qui, pris d'un excès de colère, cède à des tentations presque criminelles ? Suis-je toujours quelqu'un de stable quand je laisse une pulsion prendre le contrôle de moi-même pour réagir de manière totalement irraisonnée ? Et surtout, comment faire confiance au reste du monde, si je ne peux même pas me faire confiance moi-même ?

Un être, un malin est caché en moi ! Il n'y a qu'en arrêtant de penser que je peux lutter contre lui !

*Pourquoi tu te prends la tête ? T'as bien fait !*

Tu vois ! Qui tu es, toi ?

*Je te l'ai déjà dit, je suis toi, crétin...*

Non ! Tu n'es pas moi ! Ou alors si tu es moi, arrête de penser malgré moi ! Tu arrêtes de me souffler des choses que je ne veux pas entendre !

...

Je veux être en paix avec moi-même ! Je

m'en fous de cette connasse de Sara, alors arrête de me ramener à elle !

...

*Ça y est ? T'as fini ?*

Fini, quoi !?

*D'essayer de te convaincre ! Assume ce que tu penses ! Ce que je dis, c'est ce que tu penses !*

Ce que je pense, c'est ce que, moi, je pense ! Pas besoin d'une voix en moi qui vient me souffler des conneries pour me ramener à un état qui n'est pas le mien !

*Un état qui n'est pas le tien ? Alors pourquoi tu as massacré ces deux personnes cette nuit ?*

Bon, tu sais quoi, tu me saoules ! Tu veux parler ? Bah vas-y, parle ! Je te laisse parler ! Dis tout ! Tout ce que tu as à dire !

...

...

...

Pourquoi tu parles plus ? C'est marrant, je t'entends plus quand je te donne la parole !

...

...

T'es ridicule !

J'ai le droit, j'ai le droit d'avoir ces excès de folie ! Et pas parce que je suis fou ! Mais parce que je suis humain, parce que la situation m'y pousse ! Qui sont ces gens pour venir m'agresser dans la rue ? Surtout quand je vais déjà mal ?

J'ai le droit !

J'ai le droit d'être en colère, j'ai le droit d'être triste !

Ma pensée est une et indivisible, et ce n'est sûrement pas une voix qui va me dicter quoi faire !

...

*Et pourtant...*

Pourtant, quoi ?

*Pourtant tu me réponds bien comme si j'étais quelqu'un d'autre en toi, et tu as obéi à ce que je t'ai suggéré de faire...*

NON ! Tais-toi ! Je suis pas fou !

*Alors pourquoi je suis en toi ?*

Je refuse de l'écouter plus, je refuse de me tourmenter l'esprit avec ces pensées obsessionnelles ! C'est ça ! Ce sont des pensées obsessionnelles dont je n'arrive pas à me défaire !

Il est tard, très tard, et il faut que je dorme. J'ouvre la trousse de médocs que je n'avais d'ailleurs jamais ouverte jusque-là. Et je vois toutes ces saloperies de médicaments. Y'en a bien un dans le tas qui va me shooter. Je regarde, et à vrai dire, je n'y connais rien, ils sont tous à Sara. Je me rappelle que lorsqu'elle allait mal, qu'elle était stressée, elle prenait toujours des petites pilules bleues. Je les trouve. Sara prenait un demi-comprimé quand ça allait mal, et un entier quand ça allait vraiment mal.

Quatre, ça devrait le faire...

Je les prends... Ça me fait rien, et en plus ils laissent un arrière-goût dégueulasse. Je vais quand même me coucher. Je tente de ne penser à rien. Mais je pense quand même. Pourtant, les pensées sont plutôt vagues. Elles viennent, mais par morceaux. Elles flottent. Et parfois, elles se mélangent étrangement.

Je pense à Sara, le fait qu'elle soit partie, puis je me dis que si j'ai réussi à battre les deux voyous, c'est que j'ai gagné, et qu'elle va revenir. Je pense à quand elle va revenir, et que je lui montrerai le projet du centre culturel. Je me dis que j'aurai du mal à concilier ma relation avec Sara et celle avec la fille que j'ai rencontrée ce soir. Comment faire pour qu'aucune ne se doute qu'il y en ait une autre ? On partira tous les trois...

Puis, je me rends compte que j'ai pensé tout ça, mais en plusieurs fois, comme si je me réveillais à chaque fois. Et que tout cela n'a en réalité aucun sens. Et d'un coup, je flotte...

Saleté de maux de crâne... J'ai la bouche pâteuse quand je me réveille. Je tente de me lever malgré les courbatures qui me tirent de la nuque aux lombaires.

*Me rendre malade pour ça, pitoyable...*

Je me sers un café froid, infect, histoire de me sentir un peu exister. J'allume la télé qui donne un semblant de vie dans cet appartement où le temps s'est arrêté. Je ne sais pas quelle heure il est, mais la présence du journal d'infos m'indique que les médicaments étaient assez forts pour assommer un éléphant.

Les nouvelles ne sont pas là pour me redonner l'envie de vivre :

« Le séisme qui a frappé cette nuit la côte sud de l'Argentine a fait plus de deux mille morts d'après les dernières estimations. Nous apprenons tout juste que trois Français se trouvaient parmi ces victimes, toutes nos pensées vont bien évidemment à leur famille. »

...

*Deux jours...* C'est le temps qu'il me reste à m'emmerder ce week-end avant de retrouver le boulot et de me divertir un peu.

Je pense à cette après-midi, ça me semble tellement loin. Qu'est-ce que je vais faire pour occuper mon temps ?

Regarder la télé ? et angoisser seul ?

Aller au ciné ? et déprimer seul ?

Appeler des amis ? pour chialer sur mes écueils ?

Je décide de rien faire, ça colle bien avec mon état d'âme.

J'erre...

J'erre dans mon appartement. J'erre dans la rue.

J'erre dans mon esprit.

...

...

J'erre dans un parc.

...J'erre dans mes convictions envolées.

Le temps passe, plus par fatalité que pour m'aider.

Pourquoi cet état ? Je devrais même être heureux, je suis libéré de cette menteuse, cette illusion.

Ce leurre.

*Parce que ceux qui vivent dans le leurre sont condamnés au malheur.* Moi, je me suis toujours efforcé à être entier, intègre, honnête. Je n'ai pas à ressentir ça...

Et pourtant...

La vie récompense-t-elle les fourbes ? Les actes égoïstes ? Les fuyards ? L'injustice ?

La seule chose concrète que j'ai réussie récemment, c'est décrocher un gros contrat.

Mais comment je l'ai obtenu ? En mentant…

Je sens que mes convictions ne seront plus jamais les mêmes si la morale est qu'être intègre récompense moins qu'être un leurre.

Alors je m'en fous, je m'en fous de tout. Vais-je crever alors que je viens tout juste de traverser la route sans regarder ? Je m'en fous. Non pas que je sois suicidaire, mais si la malhonnêteté domine ce monde, alors je m'en fous de tout...

Je sens que plus rien ne peut me faire vibrer ; le bien, le mal, sont des concepts plutôt flous.

Ah, si ! Je sens quelque chose en moi : une colère. Une colère, pour quoi ? Non pas pour Sara, qui aujourd'hui ne vaut plus rien pour moi dans l'échelle des gens intéressants et entiers. Mais plutôt une colère face à l'injustice, face à l'abandon aussi sans doute, face à la morale immorale, face à l'illusion que j'ai crue réelle, face à ma naïveté de penser que tout ce qu'on avait construit serait plus solide que n'importe quelle crise personnelle, extérieur ou intérieure.

Mais la stupidité est un trait qui me caractérise pourtant si bien, j'aurais dû voir arriver le truc.

Cette colère n'est pas celle d'un cri bref et

passionné, elle n'est pas non plus celle d'un emportement passager, non, elle est en moi. Elle me nourrit, me fait trembler de passion, alimente chacune de mes cellules, elle est l'immense écho en nous qu'on n'entend pas mais qu'on sait présent.

Le soir, je vois la fille de la veille ; je suis en colère au fond de moi.

Je ris avec elle ; je suis en colère au fond de moi.

On va voir un bon film d'action au cinéma ; je suis en colère au fond de moi.

Elle vient chez moi et nous passons un bon moment ; je suis en colère au fond de moi...

Lundi matin, enfin ! Saloperie de week-end sans fin... Je m'amuse à penser que littéralement je viens de dire « fin de semaine sans fin. »

Bref...

Pierre me salue.

« Ouais, lui réponds-je.

- Bon week-end ?

- Ouais.

- T'as un peu réfléchi pour le centre culturel ?

- Ouais.

- La réunion est à quelle heure ?

- Ouais. »

Je vais m'asseoir. Je travaille sur ce centre que monsieur Pheulin a accepté uniquement parce qu'il n'avait pas toutes les informations. Un centre qui va coûter des millions pour exposer trois œuvres que seuls quelques élitistes vont faire semblant de comprendre. Mais voilà, c'est bon pour l'image de la France et du président en place, alors, pourquoi se poser des questions ?

Je fais.

Je rajoute des trucs qui vont coûter cher ; c'est pas grave, c'est pour attirer les touristes. Et puis, avec quelques tours de passe-passe, hop, les prix diminuent. La qualité aussi, mais bon, qui le verra ? Les visiteurs ? C'est pas ce qu'on leur a appris à voir.

D'un coup, ça me saoule de travailler ce projet inutile. Je vais sur internet occuper mon temps, à rien faire.

Ah, en consultant les actualités, je constate que ce ne sont plus trois, mais quatre Français qui ont péri dans le séisme d'Argentine.

Quelque chose attire mon attention. Une musique passe sur une radio posée dans le fond de la salle. Personne ne s'en occupe vraiment, et pourtant, elle crache tous les jours ses mélodies et ses paroles :

Pour vivre heureux je vis caché
Au fond de mon bistrot, peinard
Dans la lumière tamisée
Loin de ce monde de ringards

Loin des boîtes, des fêtes branchées
De la jet-set et du show-biz
Des pétasses cocaïnées
Et des bellâtres à la dérive

En me laissant bercer par la musique, je jette un œil par la fenêtre qui domine les immenses rues de Paris, et je vois en contre-bas la danse des Humains. Étrangement, elle m'épuise et elle m'écœure. Ils vivent comme des malades en étant en bonne santé, et se focalisent sur l'avenir sans savoir que l'avenir c'est aujourd'hui. Les humains suivent tous ce même rythme rapide et presque monotone. Ils suivent d'une manière si synchronisée la même partition que tout individu différent se fait remarquer tout de suite. Certains essaient quelques couplets en solo, ils tentent d'improviser, de créer, mais les échecs sont nombreux et le retour dans les rangs est difficile mais fortement conseillé.

En parlant de musique que l'on doit suivre,

mon chef vient de faire un signe à toute l'équipe : réunion improvisée ! Ça sent mauvais…

Je me lève machinalement, jette un œil sur le regard dépité de mes collègues, et suis le mouvement. On entre dans la salle de réunion sans trop de bruit, comme si nos semelles ne faisaient qu'effleurer le sol. Chacun tente de trouver la meilleure place : celle où l'on peut s'assoupir sans trop se faire remarquer.

Le silence.

L'attente.

Monsieur Pheulin entre, la mine habituelle de celui qui n'est pas content. Il s'assoit face à nous, les coudes sur le bureau, les mains croisées.

*Pourquoi nous joue-t-il toujours ce vieux numéro ?* On dirait une parodie d'un film de mafia.

J'ai envie de bâiller tant je sens le raz-de-marée de l'ennui déferler. La main devant la bouche, je peux inspirer longuement.

Puis, d'un coup, le grand chef brandit un document et prend la parole de sa voix rauque :

« *On…* m'envoie aux prud'hommes ! »

*Oh bah tiens, comme c'est surprenant…*

Il marque un temps. Je crois qu'il essaie de

nous intimider. Quand je vois mon voisin de gauche qui tremblote dans son pantalon, je me demande s'il ne doit pas courir aux toilettes.

Soudain, un gros bruit me sort de mon état de semi-somnolence ; Pheulin vient de frapper sur sa table en jetant les documents.

« L'équipe de monsieur Soares, chargée du développement durable, me colle un procès ! Et pour quoi ? Parce que je me suis désisté sur le contrat qui les liait à la commune de Paris ! Soares et son équipe m'ont obligé à signer ce contrat, j'avais le couteau sous la gorge ! »

*Faudrait pas qu'il nous fasse un infarctus à gueuler comme ça... Le bouche-à-bouche, nan merci...*

Je l'écoute encore, j'ai entendu parler de cette histoire. Une parmi des centaines qui pleuvent au bureau. L'équipe de Soares a demandé de travailler en collaboration avec la mairie, ils avaient peur d'être mis sur le carreau. Mais pour se faire bien voir, pour jouer les bons patrons, Pheulin a immédiatement accepté la proposition. Il n'a cessé d'en parler jour après jour, de vanter les mérites de cette collaboration ! Et quand finalement ce contrat ne représentait plus qu'un fardeau pour lui, quand il a préféré collaborer avec d'autres, il a jeté du jour au lendemain toute l'équipe de Soares sans discussion au préalable. Bien évidemment, Pheulin avait pris le soin de venir nous parler individuellement (lui qui ne vient jamais nous parler s'il n'a aucun intérêt personnel à en tirer), pour nous expliquer la situation, demander notre avis. En réalité, il ne cherchait que notre approbation ; son image de bon patron est indispensable en toute circonstance. Il voulait tous nous mettre dans sa poche avant d'agir. Il est venu nous raconter que c'était Soares qui avait eu l'idée d'un contrat entre eux deux, alors que chacun sait secrètement la vérité : Pheulin est bien à l'initiative de cette collaboration.

« Je sais que Soares essaie de vous récupérer, poursuit-il. Je sais qu'il vous voit dans mon dos ! Ma bienveillance a comme limite l'irrespect ! »

*Heu… C'est drôle comment ceux qui parlent le plus de respect, sont ceux qui en montrent le moins… Pheulin a menti à ses employés, il les a engagés dans un contrat avant de les trahir et de leur tourner le dos, et maintenant que Soares et ses hommes sont attachés à cet endroit, et qu'ils le manifestent, Pheulin vient leur parler de respect… Non, vraiment, je crois que dans sa bouche, le mot respect devient insultant…*

J'ai envie de partir, mais il continue à déblatérer sa haine contre ceux qui l'appréciaient et qui croyaient en lui :

« Soares n'est pas un homme, pourquoi n'est-il pas venu me parler ? S'il croit que son procès va me faire peur ! Mais il ne gagnera pas ! »

*Ai-je bien entendu ? Il considère que Soares a quelque chose à gagner ? Il lui a pris son boulot, son projet, sa renommée, et qu'est-ce qu'il veut de plus ? Sa dignité ? Son froc ?*

…

Je n'écoute plus, je sature. Je suis comme l'adolescent en cours qui cherche une occupation. Si j'avais ma trousse de collégien, j'aurais pu me fabriquer une sarbacane, tirer des boulettes de papier aux fayots du premier rang. Mais je suis *adulte*, je n'ai plus cette trousse…

Quand la réunion se termine, je retourne à ma place sans un mot. Je m'assois. Des paroles sans mots tournent dans ma tête.

D'un coup, je me demande ce que je fous ici. Dans ce bureau. Avec ces gens. C'est donc ça ma vie ? Pourquoi je me l'inflige tous les jours ? Je n'en veux pas, je m'ennuie ici. Loin d'être totalement inintéressant, le projet sur lequel je travaille ne repose en réalité sur aucune de mes compétences. Je n'ai rien à faire ici.

Je veux me barrer.

*Et les tunes ? Tu vas faire comment ?*

Je m'en fous… Tout de suite, rien n'a vraiment d'importance pour moi. C'est pas que je me fous de tout, c'est que les choses ne m'affectent plus.

Et je ne sais pas si je me complais dans cette position. En n'attendant rien, je ne serai jamais déçu.

Je prends ma veste et je m'éclipse discrètement de mon bureau.

Je ne sais pas vraiment pourquoi je fais ça, je veux juste le faire.

Partir…

Je prends ma voiture, fais le plein, et je m'envole…

La chaleur du Soleil m'écrase. C'est peut-être bien de ça que j'avais besoin, qu'on m'écrase. Je suis parti en voiture dans le sud, je ne sais pas vraiment où. Mais a-t-on besoin de savoir où on est pour profiter du lieu ?

J'ai juste pensé à passer chez moi pour changer mes fringues, je voulais porter quelque chose de plus souple. Marre de ce costume de travail qui me rappelle que je suis esclave de cette société... La cravate comme potence...

« Eh vous, vous pouvez pas dégager votre caisse ? »

Je me retourne, un mec, à moitié sorti de sa voiture, le visage apparemment en colère, continue de me gueuler dessus.

*Qu'est-ce qu'il me veut celui-là ?*

Je vais à sa rencontre.

« Oui ? dis-je.

- Vous voyez pas que vous gênez le passage !? »

Je regarde la file qui s'est alignée derrière moi alors que j'étais en train de rêvasser au passage du feu vert, et j'hésite. Puis, je réponds simplement :

« Non, je n'avais pas vu. Mais maintenant j'ai vu. »

Je remonte dans ma voiture et démarre.

Étonnement, la colère qui est en moi me rend calme. Comme si le monde devenait insignifiant.

Je rejoins une ville non loin de là. Les rues sont très fleuries, les commerçants sont ouverts, les terrasses vivent. Mais en roulant encore un peu, je tombe sur une foule de gens qui s'entassent devant les barrières d'une entreprise pour manifester ce qui semble être un mécontentement.

*Pourquoi ne pas démolir le portail ?*

Je m'approche pour comprendre un peu plus. Je crois qu'il y a une histoire de licenciement. Ça, ou bien ce sont juste des gens qui aiment brandir des pancartes représentant leur patron dans un corps de porc en train de se faire guillotiner. Et j'en déduis qu'il y a aussi une histoire de charcuterie.

Je m'approche pour demander à l'un des manifestants la raison de cette colère manifeste.

« Ils veulent fermer l'usine après trente ans ! Et pourquoi ? Pour délocaliser !

- On fait quoi nous ? Hein ? lance un autre. On va nourrir nos enfants comment ? »

Je ne sais que répondre. Je crois que mon manque d'empathie passager m'empêche sur le coup de réaliser réellement l'impact dans la vie de ces gens de la fermeture de leur usine.

Ils me regardent, voient que je n'ai pas l'air de réagir plus que ça, puis se détournent en brandissant de nouveau leur doigt bien haut.

J'ai un peu honte de moi, mes problèmes personnels ont-ils plus d'importance que les leurs ? En réalité, non, ils en ont beaucoup moins. Et je sens d'un coup une nouvelle sensation germer en moi. Quelque chose que je ne saurais expliquer mais qui avait disparu depuis quelques jours.

Être ici me plait, après tout, je viens d'arriver dans un endroit où je ne connais personne et où tout mon monde n'a aucune importance. Paradoxalement, je voudrais partir, poursuivre mon périple, tracer ma route pour aller nulle part.

Pourtant, quand une jeune femme somptueuse me bouscule par la droite, ma pensée devient tout autre. Je voudrais continuer à jouer celui qui est détaché, mais je reste. Il y a quelque chose qui se passe autour de moi d'indescriptible. Des gens qui se soutiennent, se serrent les coudes.

« Ça... Ça avance votre manif' ? » demandé-je.

J'ai l'air un peu stupide, je le sens bien, mais ce sont les seuls mots qui sortent de ma bouche.

« Non, sinon on ne serait pas là... »

Elle sourit. Un beau sourire. Il signifie : « Vous avez l'air un peu bête, mais je vous pardonne. »

Quand on pardonne un idiot, c'est qu'il est un vrai idiot profond et qu'on ne peut plus rien faire pour lui. Alors on lui pardonne...

Je me ressaisis :

« Vous pensez que votre patron va céder ?

- Il ne cédera jamais, on fait ça pour attirer l'attention des médias.

- Comment vous savez qu'il ne cèdera jamais ?

- En fermant ses dix usines pour les replanter dans d'autres pays, il augmentera son bénéfice de quinze pour cent. Vous croyez qu'il va se refuser ça ? »

Le gars, il possède déjà dix usines... Combien il touche actuellement ?

Je ne sais pas pourquoi, elle me sourit encore. Je rougis. Je tente de lui sourire. Elle réagit à peine. Sa beauté suffit à me faire oublier mon présent. Elle est brune. Les yeux clairs. Le visage rayonnant.

D'un coup, un individu arrive en lui passant le bras autour du cou :

« Eh, salut ! me lance-t-il d'un ton décontracté. Tu fais partie de la boîte ? »

*Encore un...*

*Toujours un...*

*Mais pourquoi faut-il toujours qu'il y en ait un ?*

D'après son attitude cool, il n'a pas l'air aussi impliqué dans le combat que le reste des manifestants.

« Non, dis-je mécaniquement en observant

la main de l'individu qui caresse l'épaule de la femme. Je suis tombé ici par hasard...

- Super ! Vous êtes journaliste ?

- Non, répond la femme à ma place. Je pense que c'est juste un touriste. »

Je confirme d'un signe de la tête.

« Qu'est-ce que vous venez faire dans ce bled paumé ? poursuit l'homme.

- J'avais besoin de prendre un peu l'air... Me changer les idées...

- C'était pas le meilleur endroit, ajoute la femme.

- Les médias parlent très peu de votre situation ? dis-je.

- Non, ça intéresse surtout la presse locale, mais c'est tout... »

Je réfléchis. Pourquoi ne pas parler de ces gens ? Les médias nous bassinent bien avec le chômage ? La délocalisation ? Les campagnes désertées ? Alors pourquoi ne sont-ils pas là pour montrer ce cas concret ? Ça ne doit pas être la saison... Je ne sais pas...

« Vous feriez mieux de partir, vous ne ferez rien de bien ici... me dit la femme.

- Vous aussi... » lui réponds-je.

Elle me sourit.

« Bon, moi, je vais me chercher une bibine » lance l'individu en s'éclipsant dans la foule.

On se regarde, la femme et moi.

On ne dit rien, dans un premier temps. Elle attend.

Je n'ai pas ressenti ça depuis des mois.

« Qu'est-ce que vous attendez ? dit-elle.

- Je ne sais pas... Il doit bien y avoir quelque chose à faire pour vous...

- On n'est pas dans un film. Le patron ne changera pas d'avis sur une simple prise de conscience. Il proposera des indemnités déjà prévues à l'avance, pour calmer la foule, et tout le monde passera à autre chose...

- Alors pourquoi être ici, aujourd'hui ? Juste pour alerter l'opinion publique qu'un salopard fortuné se casse en empochant le jackpot ? »

Elle me fait toujours son sourire, elle est amusée par mon sarcasme.

« Il faut qu'il soit chanteur, comédien ou footballeur pour que ça intéresse les gens... »

Elle semblait très en colère et emportée la première seconde où je l'ai vue. Pourtant, après cette courte discussion, voilà qu'elle sourit et qu'elle relativise. En réalité, elle ne sourit pas à moi, elle sourit et relativise pour masquer sa peine, le poids de l'échec, la fatalité qu'ils ne pourront pas éviter.

L'épée de Damoclès tenue d'un seul bras par son patron juste au-dessus de sa tête la contraint à ne pas montrer ce qui bouillonne en elle.

Je joue celui qui n'est pas vraiment triste pour elle, celui qui est détaché de la réalité. Pourtant, je ne peux m'empêcher de ressentir sa douleur et surtout sa colère. C'est comme si elles déteignaient sur moi. Elle s'empare doucement de chacune de mes cellules.

Qui est ce mec pour décider, à son bon vouloir, du sort de centaines de personnes ?

Un autre crime impuni ; une autre injustice normalisée…

Je ne dis plus rien, la femme parle, mais je ne l'entends plus vraiment. Je la ressens plus que je ne l'entends.

Quand son compagnon revient, je trouve une excuse pour m'éloigner.

Je sens mon cœur battre dans ma cage thoracique lourde et brûlante. Je respire longuement, le visage contracté. Il m'est impossible d'expliquer pourquoi l'histoire de la femme a éveillé en moi une haine, une rage, une puissance.

Il ne faut rien attendre des autres, rien attendre de la vie. On ne doit compter que sur soi-même, ce qu'on a, on se le doit à soi !

Très bien…

M'exposer à la lumière pour jouer le Bon Samaritain ne m'intéresse pas.

Si je dois être une bête de l'ombre pour manifester mon empathie envers ces gens, alors je le serai…

D'après ce que j'ai pu observer, les flics encerclent entièrement les locaux administratifs de l'entreprise. Ils sont particulièrement concentrés au niveau des grilles ; le patron veut sans doute se faire la malle au bon moment. Il faut donc intervenir *avant* le bon moment...

D'où je me trouve, je constate que le bâtiment administratif et un peu plus à l'écart des usines, et surtout, il est beaucoup plus petit. En faisant le tour, j'aurais peut-être une chance de pénétrer dans cette zone. Je cours pour ne pas perdre une miette de temps, j'ai déjà laissé trop de morceaux derrière moi.

Comme prévu, les usines sont beaucoup moins surveillées. Même les grillages semblent moins investis de leur mission. Ils sont rouillés sur une centaine de mètres et ne brandissent pas de barbelés. Je constate même un trou juste assez large pour passer les épaules. Je me faufile à travers, aussi agile qu'un chat après une opération, tente de ne pas chopper le tétanos, et enfin, je parviens à pénétrer dans le lieu interdit !

Bon, il me reste encore les usines à traverser, et le barrage de police...

Je détale le plus vite possible afin que personne ne me repère dans ce vaste terrain vague qui ressemble à un parking désaffecté.

Quand j'arrive aux portes de derrière, je tente de les ouvrir. Fermées... J'essaie sur d'autres un peu plus loin. Fermées également...

Merde...

Il n'y a plus le choix, je retire mon polo que j'enroule autour de mon poing, je me concentre, je repense à tous les films de kung-fu où ils disaient comment frapper, qu'il fallait faire circuler la force à travers le corps, puis je balance mon poing dans l'une des portes en verre. Non seulement, la porte ne s'est pas ouverte, mais en plus que je crois bien que je me suis pété le poignet.

Je me retiens de crier, seul un râle de douleur siffle entre mes dents.

Bon, je m'occuperai de cette fracture plus tard, je la laisse au moi du futur. Pour l'instant, je fais semblant qu'elle n'existe pas.

Comment ouvrir cette saloperie de porte ? En jetant un œil autour de moi, je trouve des pots de fleurs accrochés aux fenêtres du rez-de-chaussée. Je m'empare du plus gros… Enfin… Du moins lourd parmi les plus gros, et je le balance de toutes mes forces contre la porte en verre.

Victoire ! Elle explose !

Pendant une seconde, je me demande si le bruit n'aurait pas pu alerter les flics. Puis, je me dis qu'avec la distance et les cris des manifestants, ça devrait aller. Allez, j'entre !

J'ignore comment ça pourrait m'être utile d'investir les locaux des usines, mais il faut toujours aller de l'avant !

Enfin… Je me rassure en me disant ça…

En m'aventurant dans les couloirs, je n'avais pas pensé un instant qu'il n'y aurait pas de lumière. Qu'est-ce que je croyais ? Qu'une personne qui refuse de sauvegarder le boulot de ceux qui l'ont nourri durant des années allait laisser les lumières allumées pour une âme égarée ?

Je souris.

Je suis idiot surtout.

La fonction torche de mon téléphone aide bien dans ce genre de situation où on entre illégalement dans une propriété privée…

Je m'arrête pour réfléchir un temps. Et aussi pour m'assurer que les bruits que j'entends derrière moi ne proviennent pas d'un monstre lancé à ma poursuite dans les ombres de la nuit.

C'est drôle comme notre croyance aux monstres peut varier en fonction de la situation…

J'attends. Il n'y a plus de bruits. Est-ce mon imagination ?

J'en sais rien, en tout cas, je décide de remonter vite les étages, les fenêtres devraient éclairer les locaux. Malgré les stores fermés, les fins rayons de lumière qui passent à travers me permettent de me diriger sans problèmes.

Une idée me vient en repensant au fait que les toits des usines sont plus hauts que celui du bâtiment administratif. Je grimpe les escaliers quatre par quatre et me retrouve, après avoir franchi une petite échelle, sur le toit.

La lumière du Soleil est très intense, elle alimente ce qu'il y a en moi. En contre-bas, je vois la foule sur ma gauche. Ils sont de l'autre côté des grillages, mais voudraient les franchir. Des centaines de flics, casque et bouclier à la main, les attendent à l'intérieur.

Ma main droite me rappelle l'effet produit quand on frappe une surface dure, et je me dis que je suis bien où je suis.

Bon, maintenant il faut que je parvienne à me faufiler dans le bâtiment administratif…

Un vide de trente mètres, des flics, un corps peu athlétique, comment faire ?

Comme par un fait exprès du destin, un long câble électrique part du toit où je me trouve et rejoint les différentes infrastructures dont celle où doit se planquer le patron.

Par terre, un morceau de bâche en plastique...

Je tente ?

C'est trop fou, trop risqué...

Et alors ? Qu'est-ce que j'ai à perdre, maintenant ?

On n'est pas dans un film...

On s'en fout, nan ?

Allez, je prends le morceau de bâche, j'en fais une sorte de corde, puis je la fais passer au-dessus du câble...

Je vois le vide, et je crois bien que je ferais mieux de ne pas regarder en dessous. Mes entrailles tremblent. Bordel, qu'est-ce que je fais ? Pourquoi est-ce que je me tire pas loin d'ici ? Ah, c'est vrai, je suis déjà venu ici dans le but de me tirer loin.

J'en ai marre de moi !

D'un coup, sans m'en rendre compte, mes pieds sont suspendus dans l'air !

Merde !

J'ai sauté !

Bordel !

Je traverse le câble à une vitesse vertigineuse. Je serre mes mains sur la bâche avec une telle force que mes muscles vont exploser. L'espace d'un instant, j'aperçois des militants qui me regardent, j'espère qu'ils vont avoir la présence d'esprit de bien la fermer. Les flics sont juste en dessous de moi, à une vingtaine de mètres. Sauf si l'un pense à lever le nez, ils ne devraient pas me voir.

La vitesse est tellement folle que j'en prends presque du plaisir, j'ai même envie de crier. Toutefois, quelque chose me ramène vite à la réalité.

Comment vais-je atterrir ?

Hormis le mur en béton où est accroché le câble, je ne vois aucune piste d'atterrissage pour humain... C'est donc comme ça que je vais mourir...

Merde...

Merde !!!

Mon Dieu, aidez-moi !

Je soulève mes jambes en avant, dans l'espoir d'amortir le contact. Mes pieds touchent à peine le mur que mes genoux se plient sous la force. Je tends mes deux bras pour me protéger le visage, *advienne que pourra*.

Et je m'éclate contre le mur avant de

m'étaler au sol.

Je me réveille après être probablement tombé dans le coma pendant un court instant. J'ai mal au dos, j'ai mal aux jambes. J'ai mal partout en fait. À ce stade, je pense qu'on ne qualifie même plus ça de douleur... Je suis allongé sur une surface molle. Même ce contact est douloureux. En me tournant un peu, je constate que c'est de la laine de verre...

Bordel...

Dernière fois que je saute d'un toit...

Je parviens à me relever en faisant abstraction des différents signaux envoyés par mon corps pour m'indiquer que je ferais mieux d'appeler immédiatement les secours… Puis, je me dirige vers la porte qui rejoint l'intérieur du bâtiment. Reste plus qu'à trouver le patron. D'un pas claudicant, je descends silencieusement les étages. Les premiers que je traverse sont vides, mais je perçois tout de même des voix étouffées par la distance. Ils sont plusieurs ! Comment faire pour isoler le patron ? S'il est entouré de flics, je ne pourrai assurément rien faire pour le punir.

Je pense un moment à me fondre dans la masse et rester naturel, toutefois, mon état qui s'apparente à un clodo rescapé d'un accident d'avion ne mettra pas longtemps à me trahir.

Quand j'arrive au premier étage, là d'où proviennent les voix, je jette un regard furtif dans le couloir pour localiser les individus. J'ai le temps d'apercevoir plusieurs bureaux, la porte ouverte. Des ombres mouvantes se dessinent dans l'encadrement d'une salle. Et au fond du couloir, un bureau, une silhouette, un homme au téléphone. Il a l'air nerveux. Vêtu d'un costard gris, il hurle à son interlocuteur. Je ne distingue pas tout, pourtant, il ne m'est pas difficile de comprendre qu'il demande à ce qu'une voiture lui soit mise à disposition pour pouvoir filer au plus vite.

J'attends un peu. J'observe. Je veux savoir s'il y a du mouvement entre les salles. Et je constate que les hommes de main ne bougent pas de leur repère, le patron a dû leur donner l'ordre d'intervenir que s'il y avait un évènement suspect, comme la présence d'un taré ne le connaissant pas et capable de sauter d'un toit juste pour lui dire deux ou trois mots.

Après un instant, un homme qui semble être un chauffeur entre dans le bureau du patron. Ils discutent un peu, mais je ne comprends pas le moindre mot. Le patron semble nerveux. Puis, les deux individus sortent de la salle pour se diriger dans ma direction.

Merde ! Que faire ?

Ils avancent ! D'ici moins de dix secondes ils tomberont sur moi. Pour l'instant, je suis planqué derrière l'intersection du couloir.

Je me casse ?

…

*Tu vas quand même pas laisser s'enfuir ce porc sans scrupule ?*

Les pas sont juste à un mètre de moi, derrière le tournant. D'un coup, sans vraiment réfléchir, je surgis devant les deux hommes, frappe aussi rapidement que l'éclair le chauffeur à la gorge qui tombe aussitôt.

Le patron est sous le choc l'espace d'un très bref instant, et avant qu'il ne reprenne ses esprits, j'écrase ma main sur sa bouche en le poussant dans la pièce juste derrière lui. Je referme la porte tout en le maintenant bien fermement dans ma main. Il tente de se débattre, mais je fais montre d'une force que je ne me connaissais pas.

Je le regarde prendre panique. Il voit dans mes yeux que je ne suis pas comme les autres. Je n'ai rien à perdre, moi.

Et dans ses yeux, je ne vois que du vide, l'errance ; ce qui est bien quand tu ne réfléchis pas, c'est que tu ne te rends pas compte si ce que tu fais est bien ou mal.

Si tromper le monde, tromper ses proches est la norme de cette société, si être égoïste, duper, abuser des gens de confiance sont des outils pour obtenir ce que l'on veut, si jouer les chevaliers blancs est le chemin pour se faire passer pour quelqu'un de bien et être ainsi respecté, alors moi, je serai le chevalier noir ! Je ne ferai pas le bien, mais au moins, j'aurai le mérite d'être honnête, intègre et sans équivoque.

« Qué... Qu'est-ce... Qu'est-ce que vous voulez ? bredouille-t-il alors que je comprime sa mâchoire.

Je ne réponds pas, je perce son regard. Pourquoi répondre ? Pour qu'il me supplie, qu'il m'amadoue, qu'il apaise ma colère ? Pour finalement nous planter de nouveau un couteau dans le dos à la prochaine occasion ?

Ceux qui vivent dans la tromperie sont condamnés à tromper leur entourage encore et toujours !

Alors je ne répondrai pas...

*Éclate-le !*

Je n'écoute que ce qu'il y a en moi, que ma colère. La colère de tout un chacun. Ce ne sera qu'une goutte d'eau dans cet océan de vice, mais au moins, je l'aurai fait, j'aurai rendu une justice. La trahison, les mensonges et la tromperie ne doivent jamais rester impunis !

Alors je le frappe, mes réponses sont des coups. Parfois, il n'y a plus que ce langage.

Je lui explose la face, je fais en sorte qu'il ne puisse plus jamais parler, et ainsi, ne plus jamais tromper par la parole, par des beaux discours.

Je saisis sa saloperie de cravate de sale manipulateur fortuné et je la serre pour en faire sa potence.

Je l'entends s'étouffer dans ses propres mensonges qu'il tente de prononcer. Mais c'est trop tard. Je le pousse et le plaque visage contre les vitres pour qu'il voie les manifestants quelques mètres en contrebas. Ces manifestants qui le considéraient comme un père, qui ont sué pour lui, qui lui faisaient confiance et croyaient établir une relation durable.

Quand il a enfin bien regardé le visage de ceux qu'il a refusé de voir par facilité, par lâcheté, je lui envoie un coup de pied dans le dos qui le fait traverser la vitre.

Il me reste très peu de temps pour fuir. Je réfléchis en une fraction de temps ; il va s'écraser au sol dans un millième de seconde, les flics vont surgir dans quelques secondes, puis donner l'alerte dans d'autres petites secondes. Les hommes chargés de la sécurité à cet étage vont alors débouler d'ici dix secondes maximum.

Je bondis vers la porte, l'ouvre, plonge sur le chauffeur allongé au sol, fouille dans sa poche intérieure de veste, trouve des clés avec le logo d'une marque de voiture, cavale dans les escaliers jusqu'aux sous-sols, traverse un couloir faiblement éclairé, tombe sur un parking et constate qu'une berline noire aux vitres teintées est garée en plein milieu du chemin. Une vraie voiture de kéké, mais dans cette situation, ça fera l'affaire... J'appuie sur l'interrupteur de la clé, les feux de la voiture s'allument. Sans attendre, je plonge dedans et démarre.

En arrivant prêt de la sortie, mon cœur bat, mais ce n'est rien par rapport aux vives douleurs qui hurlent encore dans mes jambes.

Le portail s'ouvre, une lumière violente entre. Dehors, le tumulte m'empêche de comprendre ce qui se passe. Néanmoins, il est évident que je ne dois pas attendre. Je dois partir. Encore.

Avec le mouvement de la foule qui tente d'entrer et les flics oppressés par cette masse, je passe inaperçu. Je sors. Je roule doucement pour ne pas paraître tendu. Puis, une fois les grilles passées, mon pied écrase de plus en plus la pédale d'accélération. Un rire m'emporte alors. Que s'est-il passé ?

Je fonce comme un dingue, la route défile à toute vitesse. L'odeur du bitume chaud embaume l'intérieur du véhicule. Après quelques kilomètres, je pénètre dans une forêt par un sentier large. La voiture tressaute dans tous les sens, l'habitacle tremble dans un bruit infernal. Alors, je donne un grand coup de frein et le véhicule dérape longuement sur le côté sans s'arrêter. Les roues s'enfoncent dans la boue. J'aperçois derrière moi un arbre se rapprocher. Pendant l'espace d'un instant, je pense ouvrir la porte pour bondir de la voiture, mais par chance, elle s'immobilise enfin.

Quand je sors, je ris. Je ris à n'en plus finir, c'est plus fort que moi. Cela faisait des mois que je n'avais pas ri comme ça. Cela me permet de libérer les tensions. Est-ce que mon acte aura des conséquences heureuses ou non sur la vie des ouvriers de l'usine ? Je n'en sais rien… Mais je l'ai fait, les dés sont jetés. Et maintenant, j'ai envie d'avancer.

Quand je regarde autour de moi, je me

rends compte que je suis dans une petite clairière arborant un vert chatoyant. Au loin, se trouve un lac paisible reflétant une lumière diffuse. J'avance de quelques pas sur le sentier boisé. L'étendue d'eau est en contrebas et pour la rejoindre, le chemin se sépare en deux branches qui partent de part et d'autre.

Gauche ou droite ? Je prends au hasard. Et puis après tout, ne sont-ils pas tous les deux à la fois à gauche et à droite l'un de l'autre ?

Bref…

Un peu plus loin, je dois passer par un pont suspendu au-dessus du vide. Le problème, c'est qu'il est détruit sur plusieurs mètres, et que la rive opposée se trouve plus en contrebas. Donc, si je le franchis, impossible de revenir en arrière… Je jette un regard derrière moi, histoire de voir ce que j'y laisserais, et là, je vois la voiture noire cabossée que j'ai empruntée pour arriver ici. Elle n'est même pas à moi… Et j'ai l'air con dedans… Alors, sur un coup de tête, je saute ! Je tente de mettre les deux pieds en avant en pensant à la posture et à la grâce d'un athlète de saut en longueur. Mes semelles touchent le sol, je plie les genoux pour amortir la chute. Mes pieds se prennent alors dans une racine et avec l'élan je suis propulsé en avant. Quand ma tête finit dans une flaque d'eau boueuse, je me dis que j'ai dû confondre avec la posture et la grâce d'un catcheur vaincu…

Je me relève, essore mes vêtements, nettoie mon visage avec le revers de ma manche, et poursuis mon périple comme si de rien n'était. Après une poignée de secondes, je borde la rive du lac.

Où suis-je ?

Je n'en sais rien, mais je suis curieux d'aller à la rencontre du vieil homme assis paisiblement sur un rocher, juste devant moi. Il semble contempler le paysage. Quand j'arrive à quelques pas de lui, je comprends qu'il a les yeux fermés. N'ayant fait aucun bruit pour ne pas le déranger, je doute qu'il m'ait entendu approcher. À mon tour, je le contemple. Sa vision a quelque chose d'apaisant.

« Vous allez me fixer encore longtemps ? » me dit-il, soudainement.

Heu… Je me sens d'un coup comme un con ne sachant quoi répondre. Je crois que je bredouille quelques mots incompréhensibles.

« Qu'est-ce que vous êtes venu faire ici ? » poursuit-il.

La situation me donne envie de rire, mais j'arrive à me ressaisir et à lui répondre.

« Vous savez que vous me faites penser à un vieux sage errant dans la nature ? dis-je.

Il attend un bref instant avant de reprendre la parole.

« Sans doute… Mais un sage qui se prend pour un vieux sage, n'est-ce pas un vieux con ? »

Aussi étonnante que sa réponse puisse être, cela me fait penser que j'ai toujours eu cette image en moi : celle où la vie est un long chemin et que deux destinations sont possibles : d'un côté celle où on finit vieux sage, de l'autre celle où on finit vieux con. Sur le premier, l'optimisme, la bienveillance, la compassion sont nos compagnons, sur le second, la rancœur, l'amertume, les regrets, les ragots sont nos alliés. Et je suis persuadé qu'on peut passer d'un chemin à un autre suite à un simple évènement, et au bout d'un moment… On ne peut plus en sortir…

Finir en vieux con est pour moi une angoisse terrible qui me saisit à chaque fois que je râle parce que ma file d'attente avance moins vite que celle d'à côté, chaque fois que je ricane tout bas quand ma file avance plus vite que celle des autres, chaque fois que quelqu'un ne sait pas conduire et fait ralentir tout le monde, chaque fois que je sors de mes gonds quand un connard me fait des appels de phare parce que je n'avance pas, chaque fois que je suis grognon parce que le facteur laisse un avis de passage alors que je suis là, chaque fois qu'il passe pile au moment où je m'absente…

« J'ai peur de m'être trompé de chemin… dis-je, comme une bouteille à la mer.

- De *vous être trompé de chemin* ?

- Comme je viens de vous le dire…

- Qu'est-ce que vous voyez autour de vous ? » réplique le vieillard.

Je joue son jeu des questions-réponses et regarde autour de moi.

« Heu… bah… Une forêt… Des arbres… Un lac… Un vieux…

- Et qu'est-ce que ça vous inspire ?

- Rien… Je préfèrerais être à la plage...

- Et si vous étiez à la plage, comment vous sentiriez-vous ?

- Je m'ennuierais… »

Il ouvre les yeux et me regarde enfin.

« Voilà qui est ennuyeux » me dit-il avec un sourire.

Le vieillard descend alors du rocher sur lequel il était assis.

« Qu'est-ce que vous faites ici ? demandé-je. On est un peu loin de tout !

- Cela dépend de ce que vous appelez

*tout...*

- Oui, enfin vous m'avez compris. Il n'y a personne !

- Il y a vous...

- Vous êtes maître dans l'art d'esquiver les réponses ?

- Un maître ? Je pensais être un sage...

- Eh bien je me suis trompé ! rétorqué-je comme un enfant de quatre ans.

- C'est la deuxième fois que vous me confiez vous être trompé...

- Quoi ? Vous sous-entendez que je ne suis pas très fiable ?

- Moi ? Je n'oserai pas...

- Ce n'est pas mon impression !

- Vous oubliez que je ne suis qu'un vieillard sur un rocher loin de tout...

- On en revient donc à ma première question : qu'est-ce que vous faites ici ?

- Très bonne question ! Je pense qu'il est temps pour moi de me poser les bonnes questions et de trouver les bonnes réponses ! »

D'un coup, des bruits de volatiles nous proviennent des feuillages des arbres. Une immense horde d'oiseaux se soulève au-dessus de la canopée en lâchant des cris apeurés. Quand une vague de chaleur parvient jusqu'à moi je comprends alors qu'un incendie s'est déclaré dans la forêt !

Et merde…

Encore courir… Toujours courir… J'en peux plus de courir… Je ne peux pas être tranquille ?

D'abord les gens qui partent, ensuite les gens qui viennent chercher la bagarre, puis les patrons totalitaires, les patrons véreux, les flics, la poursuite… Là, je n'en peux plus…

Je veux fuir, surtout quand la chaleur devient étouffante, mais mes jambes ne réagissent pas. Comme si elles en avaient marre et qu'elles se désolidarisaient de mes mésaventures. Je les entends presque me dire : « Débrouille-toi, cette fois-ci ! »

Puis, je me rends soudainement compte que le petit vieux est toujours à mes côtés. Il me regarde inlassablement. Je me demande s'il est sénile…

« Il faut que vous partiez ! lui dis-je.
- Je ne peux pas, répond-il.
- Pourquoi ? Mais si, allez-y, barrez-vous !
- Mes jambes ne sont plus aussi vigoureuses… Alors que vous, vous pouvez fuir… »

Comme si j'avais besoin de quelqu'un pour venir me rappeler que je ne suis qu'un crétin restant sur place alors que des flammes menaçantes se reprochent inexorablement...

Bon...

Si je ne fuis pas, le vieux aussi y reste...

Je sens d'un coup que mes jambes ont pitié du vieillard et m'autorisent à les prendre à mon cou. Je saisis alors sa main et lui crie qu'il va falloir s'accrocher.

Quand je déguerpis à toute vitesse, je me rappelle que je ne peux pas prendre le chemin que j'ai emprunté pour venir jusqu'ici. Machinalement, je remonte le lac en sens inverse. La chaleur me pince la peau, mais je ne relâche aucun de mes efforts. Je sens toujours la présence du petit vieux derrière moi. Il a l'air de suivre la cadence. Mes pieds frappent le sol encore et encore. Étrangement, je n'ai plus ce problème de point de côté que j'avais ressenti lors du jogging. Les joies de l'adrénaline... Avec la vitesse à laquelle nous dévalons le sentier bordant le lac, nous nous retrouvons en un court instant de l'autre côté. Toutefois, je sais que nous ne sommes pas encore tirés d'affaire. J'entends le crépitement du bois se mélanger de plus en plus à la respiration du vieillard. Les flammes sont là, je les sens, prêtent à nous mordre.

Ma poitrine se comprime. Ma gorge s'assèche. Je pense qu'au fond de moi je sais la fin proche. La seule fois où je me bats pour sauver quelqu'un d'autre, je vais échouer comme un looser…

Que faire ? M'arrêter ? Abandonner ? Lui lâcher la main ?

D'un coup, comme un miracle inexplicable, la voiture noire se retrouve juste devant nous. Je n'ai pas le temps de comprendre comment nous avons pu parcourir autant de distance, j'ouvre la portière passager, je balance le vieux dans le véhicule, je bondis derrière le volant, fous le contact et écrase la pédale d'accélération. La chaleur nous encercle, les flammes aussi. Les lueurs du feu m'éblouissent mais je fonce toujours. Un violent fracas et un bruit terrifiant me font penser que j'ai dû exploser une branche se trouvant au milieu de la route. J'accélère, toujours et encore. J'entre dans une frénésie où je ne fais plus qu'un avec la voiture. Puis, d'un coup, la température redevient douce. J'ai réussi à échapper à l'enfer de l'incendie.

Je me réveille sans savoir quand je me suis endormi. Tout est vague, flou, sans attache avec une quelconque réalité.

La voiture que j'ai empruntée est encastrée dans un arbre. Moi, je suis allongé au sol. Je me regarde, j'ai l'air de ne rien avoir. Je ne comprends pas, mais je ne cherche pas vraiment à comprendre.

Quand je redresse la tête, je vois une vaste étendue de sable, un désert. Rien. Il n'y a rien…

Où est le vieux que j'ai sauvé de l'incendie ? Il n'est plus là… Comment est-ce possible ?

Je décide alors de marcher. Que faire d'autre qu'atteindre le bout de ce désert ? de tenter d'en comprendre les limites et ses raisons ?

Je me revois frapper et défenestrer le patron de l'usine. Pourquoi ai-je fait ça ? Qui était-il pour moi ?

*C'était un salopard qui méritait ce que tu lui as donné !*

Tiens, t'es encore là, toi ?

*Je serai là tant que tu seras là…*

Je m'arrête, regarde l'horizon, et réfléchis. Qui suis-je ? Suis-je un meurtrier refoulé ? Un dingue tapi en moi-même qui attendait une brèche pour s'exprimer ?

*Mais non, t'es normal…*

En fait, tu dis toujours l'inverse de ce que je veux penser ? Soit tu négatives trop dans le but de m'angoisser, soit tu positives trop dans le but de me porter la poisse…

...

Alors, maintenant, tais-toi et laisse-moi réfléchir.

*Réfléchir sur quoi ? T'es rentré volontairement dans cette usine, tu t'es faufilé jusqu'à son bureau, et tu l'as défoncé ! Pourquoi tu te poses des questions ?*

Parce que je ne fais pas ça, normalement ! Je n'ai jamais défenestré quelqu'un...

...

Je suis un taré...

...

C'est toi qui as voulu faire ça !

...

*Mais je suis toi ! Tu vas comprendre ça !*

...

OK ! Donc je suis deux ?
*Deux ?*

J'en ai marre, je comprends juste que je perds la boule et que mes entrailles se resserrent...

Je décide de poursuivre mon chemin, en espérant laisser derrière moi cette voix qui me hante, qui me ronge.

J'avance, mais il n'y a rien. J'entends parfois des bruits, mais sans formes. Des sortes d'échos. Je vois parfois se dessiner furtivement des images, mais elles n'ont pas de sens. Je perçois des objets, des lieux, je revois un lac nocturne, il s'efface aussitôt. Mon esprit me joue des tours. Bien que je sois dans ce désert sans fin, je me crois l'espace d'un instant transporté ailleurs. Mais il n'en est rien, je suis là. Je suis prisonnier de cet espace sans limites, dans ce vide sans temps.

Plus j'avance, plus certaines formes prennent forme. Je crois revoir des lieux, des gens, du vécu. Les souvenirs heureux deviennent des tortures qui m'étranglent à petit feu.

Je secoue la tête, mais je mets plus de désordre dans mes pensées qu'autre chose.

Je me retrouve d'un coup à l'envers, dans mon appartement. Je suis comme accroché au plafond et je me vois, travaillant sur l'ordinateur. Mais dans mon propre regard, je vois la colère me consumer, je vois le sentiment d'abandon me ronger et je vois mes tourments me hanter.

Quand je tourne la tête, je vois tout autre chose. Je vois une personne trouble. À la caisse d'un magasin, dépensant son fric en fringues et sous-vêtements. Je lis dans son regard qu'elle croit qu'en dépensant beaucoup, elle est heureuse, libre, qu'elle se sent vivre, qu'elle peut faire ce qu'elle veut. Le mensonge des apparences pour structurer l'illusion pour les gogos… C'est nous tous les gogos…

Mais tout ça est superficiel, et quand son malheur originel rattrapera cette barrière superficielle, la chute sera très violente. En fuyant, on ne combat pas le mal-être déjà existant, on ne fait que le repousser temporairement.

La psyché ne supporte pas d'être mal sans raison apparente, elle doit trouver un responsable, une source à son mal-être. Et pour mieux justifier ce coupable, sa vision du monde est altérée, elle ne verra et retiendra que ce qui l'arrange. Et dans tout ça, la recherche d'une échappatoire, d'un exutoire est inévitable. Mais le mal est toujours là, il reviendra…

Après tout, n'est vrai que ce que l'on croit, et si cette personne à la caisse d'un magasin noyant son malheur dans les apparences veut croire qu'elle est heureuse, elle le sera. Mais je ne voudrai pas entendre le boucan d'enfer que causera le réveil.

Et d'un coup, je sens que je suis décroché du plafond et que je retombe en plein milieu du désert.

Me revoilà seul. Mais je me sens bien dans ce désert, loin de tout.

Je marche, et je déambule sans m'arrêter. Je cherche sans but précis. Je cherche au loin des plaines. J'ai l'impression que des heures, des jours et des années passent où j'erre. Je suis les étoiles qui parsèment ma route, j'ai dû traverser des millions de collines. J'ignore combien de temps j'ai vagabondé dans ce désert du silence à trimballer ma carcasse en quête de quelque chose. Les dunes défilent et se ressemblent. C'est drôle, j'ai vécu la froidure en plein été, et ressenti la chaleur alors que l'hiver frappait. Je fatigue, mais j'avance toujours. Les formes, les couleurs, les lumières, les mouvements se déforment et se confondent ; les jours et les nuits n'ont plus de sens.

Au loin, un bruit sourd déchire le silence. Je ne distingue qu'un point à l'horizon. Une masse. Elle bouge. Semble foncer sur moi. Le bruit est de plus en plus présent, comme un roulement qui frappe le sol. Puis, quand je comprends, j'écarquille les yeux ; je ne m'attendais pas à tomber sur un train en plein milieu de ce désert. La locomotive fonce à toute allure, la fumée envahit le ciel et le brouillard formé empêche de voir plus loin. Puis, en un instant, le train est passé. Le vacarme du moteur s'éloigne. Je jette un œil sur ma droite pour savoir si un autre train arrive, mais rien…

Qu'est-ce que signifie cette connerie ? Je déteste les sens cachés. Alors, je décide de ne pas m'arrêter là, je poursuis ma route !

Elle est longue, les chemins sont multiples, infinis. Mon corps me demande parfois de m'arrêter. Mes genoux me lancent et me rappellent que je ne suis qu'un homme, mais je poursuis ma route sans destination.

D'un coup, j'aperçois une silhouette. Dans le nuage de poussière qui se soulève, je vois se dessiner un homme : moi. Je suis devant moi. Qui suis-je ? Est-ce le paradis ? Ou l'Enfer ? Pourquoi me vois-je ?

J'ai dû mourir sans m'en rendre compte... Je repense à la voiture enfoncée dans l'arbre, tout s'explique.

J'ai dû mourir, seul...

Qui sait ?

...

Quelle fin minable... Je meurs en fuyard après avoir lâchement tabassé un patron véreux sans doute trop chétif pour être choisi lors des formations des équipes de sport dans les cours de récréation.

Et merde...

...

Mon double lève la tête et me regarde. Il

est extrêmement troublant, il m'est à la fois très familier et très mystérieux.

« Qui es-tu ? » lui demandé-je.

Il attend un instant et me répond :

« Tu vas me poser cette question combien de fois ? »

Je le reconnais alors immédiatement.

« Tu es cette voix qui est en moi ? »

Il ne répond pas, mais je comprends qu'il acquiesce.

« Pourquoi es-tu là ? me demande-t-il.

- Tu m'y as emmené...

- Tes décisions n'appartiennent qu'à toi...

- Mais tu m'as fortement influencé !

- Normal, je suis toi...

- Je ne comprends pas ce que tu veux dire par là ! Explique !

- Que ressens-tu ?

- Je sais pas, c'est quoi cette question stupide ? »

Son ton calme et direct m'agace particulièrement.

« Tu ne veux pas répondre ?

- Je sais pas ! J'en... J'en sais rien... De la colère, sans doute !

- Pourquoi ?

- Je sais pas... »

Il attend.

« Par... Par amour, peut-être... dis-je. Ou parce que je n'ai rien à faire dans ce monde, dans ce boulot…

- L'amour te rend en colère ? Un chef tyrannique nuit à ton état émotionnel ?

- Et j'en ai pas le droit ? J'ai été abandonné et trahi ! Et je ne me retrouve pas dans ce que je fais !

- Tout ça est bien trop rationnel…

- Comment ça ?

- Comment peux-tu éprouver autant de colère à cause de phénomènes aussi raisonnés ?

- Je pige pas... »

Encore heureux que j'arrive à exprimer mes sentiments et à réagir en fonction ! Qu'est-ce qu'il me raconte ce con ?

...

« L'amour n'est-ce pas le fait de mettre un système de cause à effet à nos émotions ? On passe du temps, des bons moments, on partage et on associe du bien-être à une personne, donc, comme on nous l'a enseigné depuis toujours, on se dit amoureux de la personne.

- Et ?

- Et c'est un comportement rationnel.

- Heu… Je vois pas trop où tu veux en venir, mais l'amour peut être irraisonné ! dis-je.

— Les autres animaux, sont-ils amoureux ? »

Je réfléchis un instant, puis réponds :

« Je sais pas si on peut parler d'amour, mais ils éprouvent de l'affection, de la passion peut-être, même !

— Ah ah ! Tu viens de dire *éprouver* !

— Et alors ?

— Et alors, voilà enfin un mot qui exprime bien plus nos états irrationnels !

— Bon, bon, dis-je d'un ton ferme, à quoi ça me sert de dire tout ça ? Je m'en fous de savoir si ce que j'ai en moi est raisonné ou non... »

Il me regarde, il me prend pour un idiot.

« Quand tu es en colère contre quelque chose, ou que tu es triste, il y a bien un système de cause à effet que tu peux expliquer. Généralement, quand la cause disparaît, l'état de colère ou de tristesse disparaît également ou s'estompe doucement. Si tu te retrouves face à un lion, tu auras peur, mais peut-on dire que tu seras angoissé ? Je ne pense pas, parce que cela est de l'ordre de l'irrationnel. La peur, elle, disparaîtra aussitôt le lion neutralisé. Tout cela est très mécanique, presque réfléchi.

— OK...

— Or, tu me dis que tu ne sais pas trop ce

que tu ressens, tu parles d'une forme de colère, mais les causes sont vagues…

- Et donc, tu sous-entends que c'est un état plus profond ? Irréfléchi ? »

Je suis légèrement vexé quand je lis sur le visage de mon double du soulagement. Il avait bien peur que je ne sois désespérément crétin.

« Nous sommes dans l'émotion pure, dis-je. Je ne suis qu'une carcasse qui éprouve, ressent des choses. Mais pourquoi me dire tout ça ?

- Eh bien, je repose donc ma question : Que ressens-tu ? »

Merde, je comprends qu'il n'attend pas de moi que je lui expose mes sentiments et mon avis sur les évènements récents, il veut que je traduise mon état.

Bordel… C'est pas le genre de questions que j'aime.

« Je… Je me sens… Je sais pas…
- Dis avec tes mots…
- J'ai envie… de tout exploser ! Je… Je veux hurler à la face du monde ma rage ! »

Mon double me regarde toujours et m'encourage d'un signe de la tête à poursuivre.

« J'ai l'impression d'être déchiré de l'intérieur, que je n'ai plus de force. Je suis essoufflé, épuisé... Et... J'ai une peur terrible d'être insignifiant dans ce monde, d'être rien... »

Voilà, je n'ai plus envie de parler, je viens de lui en dire déjà beaucoup.

« Tu penses que tu ressens tout ça à cause des évènements récents ? me demande-t-il.

- Heu... Ça paraît évident...

- N'avais-tu pas une prédisposition à éprouver ces états ?

- Eh bien, si, peut-être... Mais qu'importe le déclencheur, le résultat est bien là !

- Tu viens de le dire toi-même : *qu'importe le déclencheur...* »

Ce qu'il vient de me rétorquer est comme une baffe. Merde... Je n'avais rien vu ! Je me concentre sur le déclencheur de toute cette histoire, sans penser à ce qui existait déjà en moi.

Je suis comme cet idiot qui regardait le doigt du sage lui montrant la Lune.

J'ai toujours eu cette colère en moi, cette angoisse et cette fragilité. Elles ne font que se manifester avec plus de force, mais elles étaient déjà là.

« À toi de savoir jongler avec, mais ne te trompe pas de combat...

- Qui... Comment mes émotions, toi,

peuvent me dire tout ça ?

- Est-ce important de comprendre ? Mais si tu souhaites savoir, regarde autour de toi... »

Autour, il n'y a que le désert à perte de vue... Je n'aime pas ses mystères, il se prend pour un vieux sage, et ça commence à me gonfler. Mais une autre question me rattrape :

« Avons-nous tous cette dualité en nous ? Un peu comme l'ange et le démon qui nous parlent chacun sur une épaule ?

- Ce serait tellement simple si nous avions que deux voix en nous...

- Que... »

Mais avant de pouvoir finir ma phrase, un vent terrible se lève et soulève le sable. En un rien de temps, le ciel est complètement obstrué. Tout tremble autour de moi. Je cherche mon double, mais il n'est plus là.

Je ne dois pas rester ici ! Un bruit assourdissant s'élève, le sol vibre, le sable violent me griffe la peau et m'empêche de respirer.

Je dois partir ! Me trouver un endroit !

Je me couvre le visage, et avance, malgré la difficulté du terrain. Mes pieds s'enfoncent dans le sable, ils sont lourds. J'ai l'impression d'entendre des cris résonner, viennent-ils de l'extérieur ?

Je ne sais pas, mais je dois avancer !

La brutalité du vent me paralyse quasiment, il m'écrase. Puis, je me rends compte que tous les deux pas, il me repousse en arrière.

Bordel ! Barre-toi !

Dans cette tempête, je revois de nouvelles images. Elles fuient rapidement. Je n'aperçois que des bribes de souvenirs. Mais je sais qu'ils font échos aux paroles de mon double. Je dois chercher dans la part irraisonnée de mon être ce qui provoque mon état. Toutefois, le brouillard est trop épais pour y discerner quelque chose.

Le sable s'élève sur un point et forme une dune. En m'accroupissant sur le flanc de la colline, je suis partiellement à couvert des rafales de vent.

Je veux rester solide malgré la difficulté de l'environnement, je veux rester intègre, entier. Ceux qui ont perdu leur âme se laissent trop facilement porter par le vent.

Je me protège la tête, je ferme les yeux, serre la bouche. Et j'attends.

Une petite histoire qu'on m'a racontée me traverse l'esprit un instant. Le souvenir revient de lui-même, comme pour occuper le temps : Un couple s'aime comme des fous. L'homme vient juste de lui faire une demande en mariage. Ils transpirent tellement le bonheur que les gens qui les côtoient envient leur petite vie. Le Soleil n'avait de cesse de briller. Mais un jour, roulant trop vite, la femme meurt dans un tragique accident de voiture. Les années passent, et l'homme, qui veut lui rester fidèle, rejette systématiquement toute proposition à un rendez-vous galant. Il ne supporterait pas l'idée de tromper la femme qui restera celle de sa vie. Tous les ans, à la date qui devait être celle de leur mariage, il vient déposer une rose sur sa tombe. Pour payer la maison, foyer et témoin de leur amour, qu'il refuse de quitter, l'homme se brise l'échine à accumuler deux emplois. Dix ans plus tard, usé et éreinté, mais heureux d'être resté entier, il découvre par hasard une lettre de sa défunte femme dissimulée dans une boîte. Son cœur tambourine lorsqu'il voit la date d'écriture : celle du jour de sa mort ! Malgré la douleur provoquée par l'émotion, il ne peut s'empêcher de sourire ; un message de sa femme qui vient du ciel ! Il ouvre précipitamment, mais délicatement, ce trésor de papier. Puis, après une courte lecture, l'homme laisse tomber machinalement la lettre. Les mots qui viennent de la cogner resteront imprégnés dans sa mémoire : « Je suis désolée, je te quitte, j'ai rencontré quelqu'un d'autre… »

Est-ce qu'on m'a raconté cette histoire ? Ou est-ce que je viens de l'inventer?

Je ne sais pas, mais elle me décroche un petit rire jaune.

De mon côté, le temps passe, je suis toujours sous cette tempête de sable et il y a toujours cette chose en moi : la colère.

Alors c'est comme ça, hein ? Tu m'empêches de bouger, vivre, pour me confronter à toi ? Je n'ai d'autres choix que de te faire face, la colère !

Tu me comprimes l'estomac, noues mes intestins, m'envoies des flashs amers, bouillonnes au fond de moi, mais tu m'auras pas !

Je me fous de savoir s'il y a une, deux, trois ou douze voix en moi qui hurlent leur dictat, là, c'est toi contre moi !

Je refuse d'être en colère ! Je n'ai pas à éprouver ça ! Je suis bien, et j'ai tout pour être bien !

Et pourtant…

…

Pourquoi es-tu là ?

…

Tu ne réponds pas ?
…

Je me souviens que je ne forme qu'un avec mon double, et que j'ai donc en moi la clé pour comprendre mes émotions.

Alors pourquoi es-tu là ?
*J'ai toujours été là…*

C'est ce que j'avais cru comprendre… Mais je n'ai aucune raison de ressentir autant de rage… Enfin… Je devrais être triste, je le suis ?

*Sans doute… Mais c'est un état passager, fluctuant…*

Trop rationnel, c'est ça ? me dis-je en souriant. Alors qu'avoir le spleen est plus irrationnel… Le conscient et l'inconscient ?

*Tu comprends enfin…*

Pourtant, le spleen est aussi un état passager, causé par un évènement…

*Pas toujours…*

…

OK, OK… Donc pour résumer, ma colère est soit due à une *voix inconsciente* en moi, en réaction à quelque chose ; tout comme on appuie sur un interrupteur de lumière en entrant dans une pièce, geste inconscient mais formaté par un apprentissage, nous réagissons à des actions de manière inconsciente. Soit, la colère est plus profonde… Et inscrite en moi…

*Et ?*

Le vent m'empêche d'avoir les idées claires. Le ciel est devenu noir, ténébreux. Est-ce la nuit ?

Je perçois des semblants d'éclairs au loin, mais la densité du nuage de sable trompe la vue, trompe nos sens. J'arrive à peine à ouvrir les yeux, ils me brûlent. Je n'ai rien pour me protéger, juste mes bras. La tempête crie dans l'obscurité. J'ai peur.

Je comprends qu'un autre écho résonne incessamment en moi : l'angoisse.

Mais je garde en moi une pensée : l'aube succède toujours aux nuits les plus sombres.

*Et ?* insiste la voix.

Et je me dis que je n'avais jamais pensé qu'il était possible que des… *humeurs*… soient déjà ancrées en nous. C'est comme un être dans notre être…

*Tu veux dire moi ?*

Non, toi, je sais qui tu es, tu es moi, mes émotions. Tu me l'as dit… Mais je sens qu'il y a autre chose…

La terre se met de nouveau à vibrer dans un long grondement sourd.

Je m'arrête un instant de penser et je tente de me sonder moi-même, de sonder mon être. Toutefois, je suis en permanence perturbé par des rafales de vent qui semblent rire au creux de mon oreille. J'ai l'impression de… Je sais pas… Comme si je sentais une présence…

À travers ce désert sans fin, derrière ces collines, derrière ce ciel inaccessible, au-delà du temps, je sens une présence. Elle est cachée quelque part, jouant parfois avec moi, me torturant d'autres fois.

Dieu ?

...

Non, il aurait autre chose à faire que de s'occuper de moi...

...

Alors quoi ?

...

J'ai peur de comprendre...

...

Et merde... Une troisième voix ?

Je me rappelle alors de ce que m'a dit mon double : ce serait tellement simple si nous avions que deux voix en nous...

...

J'ai donc trois moi(s) dans ma tête, tu m'étonnes que je sois si complexe :

« Tu veux aller au ciné ?

*Je sais pas, je vais demander aux deux autres moi(s) ce qu'ils en pensent !* »

...

Est-ce que c'est ça ? Est-ce que je dois chercher qui est cette troisième voix pour me comprendre ?

Ça ? Cette chose ?

La chercher où ? Quand je regarde en moi, je ne vois que de la noirceur.

Dois-je remonter aux traces les plus primitives de ma conscience, à la cause des causes.

Avant la colère, il doit y avoir quelque chose. Quoi ?

Je repense à nos envies primaires : se nourrir, se protéger et se reproduire. Y'a-t-il un lien entre ça et les traces primitives de ma conscience ? Certainement...

Alors même que nous venons tout juste au monde, on a déjà le réflexe de se nourrir et de se protéger. Notre esprit n'est pourtant pas encore alimenté par une certaine forme de rationalité ou d'irrationalité du monde extérieur.

Est-ce que je m'égare ?

Peut-être un peu, mais il doit y avoir une piste.

Je garde toujours les yeux fermés, comme si cela me permettait de mieux me voir.

En partant de ma précédente réflexion, j'essaie de m'imaginer sans ma part de raison.

J'oublie ce monde, j'oublie qui je suis, j'oublie ce que je sais, j'oublie mes sentiments. Puis, j'essaie de m'imaginer sans ma part d'inconscience. J'oublie mes réactions, j'oublie mes réflexes, j'oublie ce que j'éprouve.

Qu'est-ce qu'il reste ?

...

Le vide...

Merde, j'espérais qu'il y avait quand même quelque chose de plus consistant au fond de moi...

J'ai dû mal faire, allez, je recommence !

Je tente d'oublier tout ce que je sais, faire le vide total !

...

...

...

Qu'est-ce que je trouve ?

Toujours le vide ! Merde !

C'est ça que je suis ? Un vide dans une carcasse ?

Je me concentre alors sur ce vide, il doit y avoir quelque chose, même un tout petit truc...

Je scrute cette part de vide. Je cherche dans le noir. Je me focalise alors sur un point. Je tente d'y voir quelque chose, une parcelle d'existence.

D'un coup, je sens de nouveau le sol

trembler. Mais je garde mon calme, *il* ne m'aura pas. Mes yeux clos, je maintiens ma tension vers ce point noir en moi. La terre se fend alors sous mon corps, *il* tente de me déstabiliser, mais je tiens. Impuissamment, je chute alors dans le vide. Je tombe. Je tombe. C'est presque sans fin, je tombe toujours. Alors mon corps heurte un sol dur. C'est déjà ça, il y a bien un fond. J'ai au moins un point de départ. Je suis allongé, et je suis parvenu à garder les yeux fermés.

*Que découvrirai-je si je les ouvre ?*

Je cède alors à la tentation, je les ouvre.

Dans un premier temps, je ne vois rien. Puis, en laissant mon regard déambuler dans cette étendue de vide, je crois percevoir des points lumineux.

Des étoiles ?

J'en sais rien.

Je lève la main pour les toucher.

Inaccessible.

Je ne suis qu'une poussière perdue sur une étendue infinie de terre, elle-même noyée parmi un nombre incalculable de points qui flottent au-dessus de ma tête. Quand je les fixe, j'ai l'impression qu'ils chancèlent, dansent, se meuvent sur un rythme lent, lointain et éternel. Mon esprit est alors comme détaché de ma carcasse, je suis soulevé dans les airs, j'ai l'impression de me balader parmi les astres. Et je ne suis rien. Les poussières d'étoiles bleutées se mélangent aux nuages de météores en formant une ellipse sous la force gravitationnelle d'un astre tapi dans l'horizon de l'obscurité. Je survole une jolie planète couleur safran où les vents de sable tourbillonnent autour d'un lac en se fondant dans les ondulations de l'eau. Une jolie lumière m'éblouit soudainement. Elle provient d'une immense étoile dont la chaleur effleure ma peau en la faisant frissonner. La surface est mouvementée, des éruptions de laves surgissent ici et là. J'ai l'impression qu'au centre de cette boule incandescente bat un cœur vigoureux. Je sens les battements puissants frapper la surface. D'un coup, ces battements… Je les sens encore plus intensément… Ils sont en moi ! Je ne sais pas par quel miracle, je suis de nouveau allongé au sol. Mon cœur tambourine de colère dans ma cage thoracique.

    Pourquoi cette colère en moi ?
    En ai-je le droit ?
    Le droit d'être triste ?
    Pourquoi j'y résiste ?
    Je ne peux atteindre ce que je veux,

Alors je me contente de peu.

Mais où est la justice dans tout ça ?

Pas dans ce monde ici bas.

Ma voix tremble et ma rage gronde,

Le silence semble se répandre telle une onde.

Alors je ferme ma gueule et me relève, seul.

Avançant d'un pas lent, presque immobile, je sens que je peux me repérer dans cette obscurité.

Un mouvement se dessine devant moi, qu'est-ce ? Je plisse les yeux. Quand je comprends, je me dis que j'ai dû mal voir. Puis, ils sont bien là. Aussi incroyable que cela puisse paraître, je vois des squelettes, assis autour d'une table. Ils ne me prêtent aucune attention. Ils n'ont presque rien sur eux. L'un porte un maillot de sport sur les os et des baskets, un autre tient un crayon et un calepin dans les mains, et le dernier porte un t-shirt où sont représentés des personnages iconiques de mon monde.

Que font les squelettes ?

Ils jouent aux cartes.

C'est drôle, ils n'ont pas l'air malheureux...

Pourtant ils n'ont rien...

Une table, deux ou trois affaires, et c'est tout. Une mélodie famélique rythme leur partie dans une sorte de danse des Squelettes.

Ils ne me voient pas, comme s'ils n'en avaient pas besoin...

Quand je les regarde, je vois une certaine forme d'honnêteté entre eux, une envie que les choses soient justes. L'harmonie qui les lie permet un fonctionnement sain.

L'un se met à rire en donnant une tape dans le dos décharné de son camarade. Bien qu'inexpressif, ce dernier lui répond avec un regard espiègle, mais plein de tendresse. Le dernier commente la scène, je ne comprends pas ce qu'il dit.

Leur bonheur n'est composé que de choses simples. Comme si les squelettes ne voulaient répondre qu'à des besoins primaires, des pulsions. Ils n'ont besoin de rien d'autre.

Au-dessus d'eux flottent des courants omniprésents. Je sens par exemple la tension et l'angoisse. C'est aux squelettes de ne pas céder de terrain à ces courants, d'apprendre à vivre avec, d'en faire même un moteur. Parfois ils y arrivent et se construisent avec, et parfois les étapes de la vie les fragilisent et ils se laissent déchirer par ces courants. C'est un roulement, un cycle qui compose notre vie.

Je ne suis pas habile en réflexion utile, mais j'ai l'impression que ma première voix est celle de la raison et des sentiments, là où on trouve l'amour, la haine, la réflexion et une certaine forme de peur, de tristesse, de colère et de joie. Puis, la deuxième voix est celle des émotions pures, où l'on retrouve également la peur, la tristesse, la colère et la joie mais de manière plus brute, plus intense, plus profonde, comme la terreur, l'amertume, la rage et l'euphorie. Cette voix ne cesse d'être en écho avec la première. Elle est sous-jacente en apparence, mais en réalité, elle prédomine. Chacune de nos réflexions est nourrie par une émotion quelconque. Puis, vient la troisième voix. Celle qui est cachée dans les strates les plus profondes de notre être. Celle qui est comme un point brillant à l'horizon, un point de départ, un point invisible mais omniprésent. Ce qui reste lorsqu'on enlève notre raison et nos émotions. Il s'agit de nos humeurs profondes. Trouve-t-on par exemple la mélancolie, l'angoisse, l'impatience, la tension, la positivité, dans cette boîte ? C'est encore un immense mystère. Ces grandes humeurs se manifestent par pulsions, presque des caprices qui ne se soucient pas de la raison. Cela se voit dès le nourrisson, l'un va être plus docile, l'autre plus rieur, le dernier plus boudeur, et va nous emmerder toutes les nuits…

*Que suis-je dans tout ça ?*

Une lumière m'éblouit malgré mes yeux fermés. Je ne comprends pas. J'ouvre doucement mes paupières.

Qu'est-ce que…

Je suis dans ma chambre, étalé sur le lit.

Qu'est-ce que je fous là ?

J'en sais rien…

Étrangement, je ne me sens pas fatigué, je crois avoir dormi des jours et des jours. Je regarde la date sur ma montre.

Que… ?

Nous ne sommes que le lendemain du jour où j'ai quitté mon boulot sur un coup de tête.

Qu'est-ce que ça veut dire… ?

En me levant, je constate alors que je porte encore mon costume de travail, c'est pas croyable… Tout ceci n'était… qu'un rêve… ?

Peut-être… Qui sait ?

Quand je me dirige vers le salon, la lumière intense du Soleil me fait plisser les yeux. Je me protège le visage de la main et lève la tête vers le ciel. Suis-je comme un prisonnier qui revoit la lumière du jour pour la première fois après des années ?

Je me sens autre. J'ai l'impression d'avoir eu un coffre à trésor fermé depuis des lustres entre les mains, et que maintenant que j'ai la clé du cadenas, j'ai paumé le coffre… Tant pis, il y en aura sûrement d'autres, il est préférable de penser cela…

Je m'assois alors douloureusement dans mon fauteuil et me sers un verre d'eau. La respiration lente, je me sens apaisé. Je ne sais pas vraiment comment je suis arrivé là, il me semblait être dans le désert il y a encore très peu de temps. Toutefois, je préfère occuper mon esprit avec autre chose.

Sur l'écran de mon ordinateur, je vois clignoter une petite enveloppe. J'ai reçu un mail. Curieux, je décide de l'ouvrir. Il vient de mon chef :

*« Salut, t'es où ? Monsieur Pheulin te cherche partout, il veut te parler. Depuis ton départ d'hier, on a enchaîné les catastrophes, faut que tu reviennes vite. Pheulin est très en colère, il dit qu'on est incapable de gérer une situation quand tu n'es pas là… Bref, je crois qu'il a un poste important à te proposer. À toute.*

*PS : Deux femmes ont appelé, apparemment, tu leur aurais dit que tu avais une place pour elles. »*

Qu'est-ce que c'est que cette histoire… J'ai été promu en quittant mon boulot sans prévenir… Je ris longuement. Le hasard de la vie m'étonnera toujours. J'ai menti pour avoir ce projet, et en plus, je suis félicité pour n'avoir rien fait.

Mon regard est attiré alors par autre chose. Je reçois également les mails de Sara, les deux boîtes sont ouvertes simultanément. Elle en a des non lus. La curiosité me pousse à aller voir ce que c'est. Je suis soulagé quand je vois que ce n'est que de la pub. Puis, sans vraie raison, je me décide à consulter son historique. Je remonte les semaines, puis les mois. Là, mon cœur s'arrêtant, je tombe sur un mail envoyé par son nouveau copain. Il date d'il y a un mois et demi avant notre rupture. Je l'ouvre, le doigt hésitant. En réalité, je connaissais déjà son contenu par intuition. L'homme lui demandait si elle comptait rester dans la même boîte que lui une fois qu'ils seraient ensemble.

C'est drôle, j'entends un rire au fond de moi.

D'ailleurs, il enclenche le mien également. Je ferme l'écran et continue à rire.

L'ironie de la vie vaut-elle autant que la justice des Hommes ?

J'espère juste que la justice de la vie vaut autant que l'ironie des Hommes. Ce serait déjà ça…

Je décide alors de me relever de ma chaise, il y a des milliers de choses à faire. Des milliers de choses qui composent notre vie.

Je ne prends pas ma veste, je veux profiter de l'air frais à l'extérieur. Quand je descends les quelques marches du perron, j'ai l'impression que la place est plus spacieuse que la veille, que les gens se baladent plus sereinement, que les feux de signalisation passent parfois au vert.

Dans cette matinée plongée dans une lumière jaune-orangé, je me promène sans réel but fixé. Cependant, n'être tenu par aucun objectif précis est un vrai soulagement ; je profite juste de l'instant présent. Rares sont les brèches temporelles dans lesquelles on peut laisser tout au hasard. Chacun sait que l'élan de la vie et la tourmente des évènements reviendront bien assez vite pour nous rappeler que notre histoire est un long fleuve hasardeux. Mais pour une fois, la vie attendra.

Le parc dans lequel j'ai l'habitude de me promener a retrouvé son rythme sur lequel j'aimais danser. Ce rythme silencieux que chacun pourtant entend. Un chien passe vivement devant moi en aboyant. Il court après un être invisible mais bien existant dans son propre monde. C'est un malinois à poil long qui ne doit pas avoir plus de dix-huit mois. Il me regarde d'un coup d'une expression qui réclame tellement une caresse que je ne peux y résister. Son maître arrive sur ma droite, au bruit de la démarche, je reconnais qu'il s'agit d'une femme.

« Il est à vous ? dis-je sans vraiment lui prêter attention.

- Oui, mais on dirait qu'il vous a déjà adopté ! »

Je ris en relevant le visage vers la maîtresse du chien ; une jeune femme plutôt jolie dont le regard rieur invite à la discussion.

« Comment elle s'appelle ? dis-je, après vérification.

- Abysse, me répond la femme » d'une voix égayée.

Elle a un petit temps d'hésitation, puis, me demande en retour si j'en ai un.

« Non, j'aimerais bien… Mais je vais devoir changer d'appartement pour un plus petit, ce serait pas pratique…

- Ah, pourquoi ? »

Son sourire a laissé place à de grands yeux empreints de curiosité. Le chien recule vivement, comme pour m'inviter à jouer avec lui.

« Aah… C'est une longue histoire, je ne veux pas vous ennuyer… »

À sa manière de réagir, j'ai l'air de l'amuser

avec mon manque de confiance.

« Mais vous ne m'ennuyez pas… »

Les différentes étapes récemment traversées repassent alors en filigrane dans ma tête.

J'ai l'impression qu'il y a un message caché derrière toutes ces épreuves, qu'une voix tente de m'enseigner un apprentissage. Les peurs, les envies, les craintes, les doutes sont passagers. Je crois que les émotions sont variables, mais que la magie, elle, reste éternelle. Cet apprentissage est une pierre de plus.

Là-dessus, les paroles d'une musique me reviennent en tête, elles rythment mes pas. Freddie Mercury disait : « Does anybody know what we are living for ? » Je dirais que : « La vie n'a aucun sens, alors donne-lui le sens que tu veux… »

Après tout, je donne bien moi-même le sens que je veux à toute cette histoire…

Je n'ai pas dit toute la vérité à mon chef pour avoir le projet du centre culturel, c'est vrai… J'ai laissé exploser ma colère à la face du monde quand on m'a trahi, je le reconnais… Mais tout cela s'encre dans une partie bien plus large de ma vie, et j'espère en faire quelque chose de bien.

Personne n'a jamais été excessif, violent, perdu, lorsque les différentes voix en lui se déchirent, se mélangent et ne se comprennent plus ?

Qu'est-ce qui nous rapproche tous ? Qu'est-ce qui nous distingue tous ?

Être tiraillé entre la réflexion, les émotions et les humeurs est tout à la fois notre ressemblance mais aussi notre individualité.

Je me rassure en me disant qu'une grande partie de mon périple n'était qu'un rêve, que je n'ai jamais défenestré le patron véreux de l'usine de charcuterie, que je n'ai pas rencontré mon double, que la folie ne m'a pas fait voyager dans l'Univers et rencontrer des squelettes jouant aux cartes comme si tout était normal.

Pourtant, un petit bruit attire mon attention. Quelque chose vient de glisser du pli de mon pantalon. Je baisse les yeux vers le sol, et découvre du sable.

Ma pensée devient alors claire.

## Note de l'auteur

Après Tentation, qui lui traitait de la folie en chacun de nous, j'ai eu énormément de retours variés de la part des lecteurs. Mon objectif était réellement de faire en sorte qu'il y ait autant d'interprétations possibles que de lecteurs. J'aime l'idée que mes romans puissent être des pistes de réflexion sur des sujets comme la psychologie. La difficulté est de ne pas imposer ma propre vision, mais d'être dans le partage grâce aux discussions avec vous. J'espère qu'il en sera de même avec Pulsion.

Cette fois-ci, j'ai préféré aborder le thème de ce que Freud appelle le Moi, le Surmoi, et le Ça (on trouve également la notion de conscient, subconscient et inconscient).

Pour ma part, je préfère parler de « voix » car j'ai pu observer que nos différentes parts de conscience se manifestent sous forme de voix (parfois muettes) qui nous poussent à la réflexion, qui nous dictent un code de morale, qui nous martèlent d'émotions, ou encore, qui nous imposent des réactions dont on ignore les raisons (je pense notamment à l'angoisse).

Quoi qu'il en soit, je trouve ce sujet passionnant, et je pense que nous faisons tous un long voyage au sein de notre conscience où des multitudes d'états cohabitent, évoluent, s'affrontent, s'apprivoisent en permanence. Mon récit est donc un support à la réflexion : comment fonctionnons-nous ?

Dans Pulsion, j'ai essayé d'imager ma conception de notre esprit. Nous avons en premier lieu la voix principale, celle qui s'exprime durant tout le roman et qui parle à la première personne. Celle qui est de l'ordre de la conscience et qui tente de raisonner de manière rationnelle, notamment avec le monde extérieur. Pourtant, elle est sans cesse mise à rude épreuve par des voix plus lointaines, plus obscures, qui ont l'ascendant sur elle. Comme si, plus elles étaient élevées dans la hiérarchie, plus elles devenaient inaccessibles. La deuxième voix est celle que je fais intervenir de manière inopinée par l'italique. Elle représente nos émotions. Je reste persuadé que derrière chacune de nos réactions, de nos paroles se cache au moins une émotion, même infime. Ce qui signifie que notre réflexion, notre raison, est en permanence influencée, même à une très petite échelle, par nos émotions. Dans le récit, nous voyions à quel point, en fonction de son état émotionnel, le personnage va avoir des réactions très variées, parfois, presque incalculables. Toutefois, nous avons quand même accès d'une certaine manière à la maîtrise de nos émotions, d'où le passage de la rencontre entre le personnage et son double. Elle lui dit qu'elle est lui, qu'elle est omniprésente, qu'elle lui rappelle sans cesse ce dont il voudrait faire abstraction. Et quand le personnage accepte ses émotions (en l'occurrence la colère et la tristesse), il comprend alors qu'une autre voix, encore plus lointaine, comme un écho, régit les deux premières. Pour y avoir accès, j'ai décidé de l'illustrer avec une traversée du désert, un espace vide, illimité, esseulé. Comme s'il devait s'isoler pour faire son introspection, tourner autour du point le plus profond en lui. Il s'agit de la zone de l'inconscient. Là, on y découvre des... squelettes. Oui, l'idée peut paraître étrange, mais je voulais montrer notre psyché dénudée, décharnée ; ce qu'il reste quand on lui retire toutes les couches de conscience au-dessus. Chacun des squelettes représente un trait de caractère profond. Ils sont enveloppés par ce que j'appelle des « courants ». Il y a des courants comme la positivité, la passivité, mais aussi l'angoisse. Ils sont omniprésents, et en fonction de l'état d'harmonie entre les trois voix, les courants peuvent occuper plus ou moins de place. Je pense que tout cela est en constante évolution durant notre vie.

Voici donc ma représentation de notre psyché. Et vous, quelle est la vôtre ?

Une petite parenthèse pour finir et rendre hommage à ceux qui m'ont inspiré durant l'écriture de ce roman. J'écoutais beaucoup de musiques dont les paroles et l'atmosphère m'ont influencé, notamment : *The man who sold the world* de Nirvana, *The Show must go on* de Queen et *Je vis caché* de Renaud.